LES CRIMES,

LES FORFAITS ET LES TURPITUDES

DES

ROIS DE FRANCE.

Louis XI fait décapiter Jacques d'Armagnac et fait placer ses enfans sous l'échafaud, afin qu'ils soient couverts du sang de leur père.

LES CRIMES,

LES FORFAITS ET LES TURPITUDES

DES

ROIS DE FRANCE,

DEPUIS PHARAMOND JUSQUES ET Y COMPRIS CHARLES X;

D'APRÈS LES ANCIENNES CHRONIQUES, LES RÉCITS DES HISTORIENS
ET LES MÉMOIRES DU TEMPS.

Exterminez, grand Dieu! de la terre où nous sommes,
Quiconque avec plaisir répand le sang des hommes.

(VOLTAIRE.)

TOME PREMIER.

A PARIS,

CHEZ GAUTHIER, ÉDITEUR,

RUE MAZARINE, N° 49;

ET CHEZ H. MOUILLEFARINE, LIBRAIRE,

PASSAGE CHOISEUL, N° 46.

1831.

PARIS. — IMPRIMERIE DE COSSON,
Rue Saint-Germain-des-Prés, n° 9.

INTRODUCTION.

———

L'histoire des rois absolus ne présente qu'une série de crimes ; leurs moindres actions tendent au mal, et les peuples ont été condamnés jusqu'à ce jour aux souffrances les plus inouies, pour alimenter les vices, les crimes et les forfaits de ces despotes couronnés, qui n'ont de l'homme que la figure, et dont l'existence est un des fléaux les plus redoutables qui pèsent sur le globe et affligent l'humanité * ; ce qui a fait dire avec raison, et d'après l'expérience, que le plus grand ennemi de l'homme était l'homme même.

* Qui fait le péché, doit faire la pénitence. Les rois et les princes semblent n'être pas compris dans la règle ; ils font les péchés, et les peuples la pénitence.

Les histoires, tant anciennes que modernes, font les récits les plus circonstanciés des malheurs des peuples, causés par leurs tyrans ; ils datent, pour ainsi dire, de la création du monde. Qui ne frémit, en parcourant cette longue liste de rois, dont la férocité et la cruauté signalèrent les règnes épouvantables ?

Sous la première race, la barbarie remplaça les arts et les sciences. Les assassinats, le rapt, le duel et la violation des lois, en un mot, la raison du plus fort, étaient le caractère distinctif de la nation française. Les Français étaient alors de véritables sauvages, sans religion, pour ainsi dire, et sans moralité.

De la manière dont la justice était réglée, son glaive n'atteignait que le pauvre ; avec de l'argent on rachetait la peine de tous les crimes. Des juges, qui ne demandaient qu'à être corrompus, trouvaient aisément des corrupteurs, et la balance de Thémis était renversée.

Sous la seconde race, les désordres des petits-fils de Charlemagne, l'ambition de certains prélats, le peu de soumission des seigneurs, le silence des lois, l'oubli des capitulaires, la superstition jetèrent dans le royaume le trouble et la division, occasionèrent des guerres civiles, et firent couler à grands flots le sang français.

Sous la troisième race, les rois, moins barbares à la vérité, mais aussi cruels, firent ployer les lois sous leur affreux despotisme. La cour devint l'antre où se forgeaient journellement les fers dont on enchaînait les peuples. Le clergé, toujours ami du pouvoir oppresseur, rançonnait le peuple sans pitié : la noblesse de son côté, avide de priviléges, exerçait sur la population des campagnes, des vexations continuelles, par une foule de droits aussi injustes que tortionnaires, qui la réduisaient à l'esclavage et à la plus profonde misère.

Et voilà le bon vieux temps que regrettent aujourd'hui avec la plus vive amertume et la plus profonde hypocrisie, tous ces amateurs du droit divin et de la légitimité ; ce bon vieux temps, où le vice allait la tête levée, et où le crime restait impuni.

LES CRIMES,

LES FORFAITS ET LES TURPITUDES

DES

ROIS DE FRANCE.

PREMIÈRE RACE,

DITE DES MÉROVINGIENS.

PHARAMOND,

Ier roi de France. (An 420.)

Sous le pontificat de Boniface Ier, Honorius étant empereur d'Occident, Pharamond, chef des Francs ou Sicambres, fond sur les provinces voisines du Rhin, et sur une portion du royaume de Thuringe, et vint s'établir dans ces contrées. Ce barbare y signala son entrée par des meurtres, des ravages et des dévastations incroyables.

Les premiers temps de la monarchie étant

I.   1

très-obscurs, on ignore jusqu'à l'âge de Pharamond, qui ne régna, dit-on, que huit ans.

CLODION,

IIe roi de France. (An 428.)

Clodion, dit LE CHEVELU, à cause de ses longs cheveux, était fils de Pharamond. Ce roi ou chef des barbares, ayant passé le Rhin, surprend Cambrai et ravage impitoyablement tout le pays entre l'Escaut et la Somme, où sont aujourd'hui les villes de Mons et de Valenciennes. Il établit sa résidence à Amiens, et meurt au bout de vingt ans.

MÉROVÉE ou MÉROUÉE,

IIIe roi de France. (An 448.)

Mérovée, parent de Clodion, a donné son nom à la première race des rois de France, connus sous le nom de *Mérovingiens*. Ce prince, après avoir remporté une victoire éclatante sur Attila, roi des Huns, surnommé le Fléau de Dieu, commença à avoir une assiette stable dans les Gaules, et s'empara de Paris. Il y régna dix ans. On ne connaît ni son âge ni son épouse.

CHILDÉRIC Ier,

IVe roi de France, (An 458.)

Childéric succède à Mérovée son père, et signale le commencement de son règne en surchargeant les peuples d'impôts, enlevant les filles et les femmes qui deviennent la proie de sa lubricité. Ses sujets, exaspérés par sa tyrannie et par ses crimes, le chassent hontensement de ses états. Il se retire en Thuringe où il demeura neuf ans, après lesquels les Français le rappelèrent. Au mépris de l'hospitalité qu'il avait reçue du roi de Thuringe, il débauche l'épouse de ce prince, nommée Bazine. Celle-ci devint reine de France et mère de Clovis.

CLOVIS Ier,

Ve roi de France. (An 481.)

Clovis Ier, fils de Childéric, fut le premier roi prétendu chrétien, et un des premiers brigands qui se partagèrent les débris de l'empire romain.

Il attaque Siagrius, général romain, et le défait en bataille rangée. Celui-ci se retire chez le barbare Alaric, chef ou roi des Goths, qui, violant les lois de l'hospitalité, le livre à Clovis. « Général des Romains, » dit le fils de Childéric, tu as mal défendu » les provinces où tu commandais ; tu es » indigne de vivre : » et il le fit massacrer en sa présence. Le sang de Siagrius teignit le manteau du roi Sicambre : « Vous le voyez, » reprit-il en se tournant vers ses gardes, » me voilà aussi couvert de la pourpre ro- » maine. »

C'est un des moindres crimes du barbare. Après avoir épousé Clotilde, princesse de Bourgogne, pour se ménager un droit au partage de ce pays; s'être fait chrétien et baptiser par saint Remi; ayant joint Alaric à la bataille de Pouillé, près Poitiers, il s'écrie, en le frappant de sa masse d'armes : « A toi, perfide ami de Siagrius ; re-» çois le prix de ta trahison. » Le lâche tyran payait ainsi par la mort celui qui avait servi ses projets en lui livrant Siagrius.

Bientôt après, il fit assassiner Chararic et son fils, pour avoir Amiens. Il les avait condamnés à être rasés et à finir leurs jours dans un cloître. Le fils voyant tomber les larmes de son père pendant qu'on lui coupait les cheveux, ce qui était alors un opprobre, dit : « Ces branches vertes renaîtront, car le tronc » n'est pas mort : mais que Dieu fasse périr » celui qui les fait couper ! » Clovis, à qui l'on rapporta ces paroles, dit : « Ils se plaignent de » ce qu'on leur coupe les cheveux ; eh bien, » qu'on leur coupe la tête... » et à l'instant les deux princes furent décapités.

Le même sort fut réservé à Ranachaire pour usurper Cambrai. Ce Ranachaire, ainsi que son frère, l'avait essentiellement servi dans ses entreprises. Il les assomme tous deux, en présence de ses capitaines. Les traîtres qui lui avaient livré ces deux victimes, lui demandant le paiement de leur lâche perfidie, « Allez, traîtres ! dit-il, n'est-ce pas assez

» que je vous laisse la vie ? J'aime la trahi-
» son, mais je hais les traîtres. »

Un troisième assassinat plus exécrable encore que les autres, est commis pour envahir
Metz et son territoire qui appartenaient à
Sigibert. Il persuade à celui-ci de tuer son
père pour disposer de ses trésors. Ce monstre
exécute le parricide, retourne à Clovis pour
en recueillir les abominables fruits; et comme
il se courbait dans un coffre, en sa présence,
pour en tirer des sacs pleins d'or, il le fit
massacrer à coups de hache, et se saisit de
Metz.

Clovis termine enfin sa carrière noircie de
tant de trahisons, de tant de meurtres et
d'assassinats, en 511, âgé de quarante-cinq
ans. Il avait regné trente ans.

CHILDEBERT Ier,

VIe roi de France. (An 511.)

Clovis, en mourant, laissa quatre fils qui
se partagèrent ses états. Childebert fut roi
de Paris ; Clodomir régna à Orléans ; Clotaire
eut la monarchie de Soissons ; Thierri fut
roi de Metz. Nous ferons observer qu'on
compte les rois de France par ceux de Paris.

Après que les quatre frères eurent fait leur
partage, l'ambition et l'avarice leur firent employer les moyens les plus atroces pour envahir leurs états réciproques.

Clodomir, roi d'Orléans, attaque son oncle

1*

Sigismond, roi de Bourgogne, pour venger, disait-il, la mort des fils de ce même Sigismond, que sa main paternelle avait égorgés. Il couvre de cendre et inonde de sang le territoire bourguignon ; se saisit de Sigismond, de sa femme et de ses enfans, qu'il fait lier ensemble et précipiter dans un puits. Clodomir, attaqué avec fureur par les troupes du malheureux Sigismond, est tué et sa tête portée au bout d'une lance.

Childebert, Clotaire et Thierri se partagèrent les états de ce prince, dont ils firent massacrer deux fils. Le troisième fut tondu et confiné dans un cloître.

Comme des voleurs, des brigands, après les rapines, ils se querellent pour se partager les dépouilles de leur frère et de ses enfans ; enfin ils s'accordent. Ils avaient marié leur sœur à Amalric, roi des Visigoths ; mais, sans égard pour les liens du sang, ils s'unissent contre lui, à la sollicitation de leur sœur, et il est massacré impitoyablement. Ainsi, la sœur et les frères partagèrent l'horreur du crime, de l'assassinat d'un beau-frère et d'un époux.

Childebert meurt sans enfans, sous le poids de tant de crimes, vers l'an 558, et laisse à Clotaire ses états et ceux de ses deux autres frères, qui avaient emporté dans la tombe leur haine, leur jalousie, leur ambition et leurs attentats.

CLOTAIRE Ier,

VIIe roi de France. (An 558.)

Clotaire, en possession des états de ses trois frères, se livre à tous les excès de la débauche ; nous passerons légèrement sur ses amours adultères avec la sœur de sa troisième femme, qu'il épousa ensuite du vivant de cette dernière ; sur le meurtre de Gauthier d'Yvetot, dont il avait violé la femme, en abusant du droit de l'hospitalité. Tous ces attentats qui auraient conduit à l'échafaud ceux qui les auraient commis, pâlissent devant ceux que nous allons retracer.

Childebert, peu de temps avant sa mort, avait fait révolter un des fils de Clotaire contre son père, tandis que celui-ci faisait la guerre aux Saxons. Clotaire revient, poursuit ce fils en Bretagne où ce prince s'était réfugié avec sa femme et ses deux filles, les surprend dans la maison d'un paysan, incendie l'habitation, et sourit aux flammes qui dévorent ses enfans.

Cependant ces affreux brigands fondaient des monastères, les dotaient largement, pour obtenir la rémission de leurs forfaits, croyant «qu'il est avec le ciel des accommodemens.»

Enfin, après ce double parricide, Clotaire meurt, et laisse pour héritiers de ses états et de ses crimes, quatre fils, Caribert, Gontran, Chilpéric et Sigibert.

Caribert, comme aîné, eut le royaume de Paris ;

A Gontran échurent la Bourgogne et Orléans ;

A Chilpéric, Soissons ;

A Sigibert, Metz et l'Austrasie. Tous prirent le titre de roi de France.

CARIBERT,

VIII⁰ roi de France. (An 562.)

Charibert régna neuf ans, et mourut ne
laissant que la mémoire d'une vie inutile et
crapuleuse. Une guerre sanglante s'engagea
soudain entre ses trois frères, pour le partage
de son héritage. Sigibert tombe sous les coups
de trois assassins envoyés par Frédegonde et
Chilpéric. Celui-ci accourut aussitôt pour s'asseoir sur un trône encore dégouttant du sang
de son frère.

CHILPÉRIC I⁰ʳ,

IX⁰ roi de France. (An 575.)

Cilpéric succéda à Sigibert, et, ayant
trouvé à Paris sa veuve Brunehaut, il l'exila
dans la ville de Rouen, dont il donna le
commandement à Mérovée son fils. Mais
celui-ci, épris de la beauté de cette Brunehaut,
l'épousa, quoique elle fût sa tante, l'évêque
y ayant donné son consentement. Le clergé
se plie à tout. Chilpéric, furieux, vient à
Rouen, fait dégrader l'évêque, et plonge son
fils dans un cloître. Celui-ci parvient à s'en

fuir; mais, poursuivi par les soldats de Chilpéric, il est atteint et égorgé par les ordres de son père, ainsi que Clovis, son autre frère. Il répudie leur mère Adouère, épouse Galsonde, fille du roi d'Espagne, et par un triple parricide, il l'étrangle avec un linceul, et épouse publiquement Frédegonde, sa concubine. Ce Néron de la France opprime les peuple, les écrase d'impôts, étouffe leurs plaintes, et enfin est assassiné par les ordres de Frédegonde et de Landry, son amant. Chilpéric était loin de soupçonner l'infidélité de Frédegonde. Un jour, avant de partir pour la chasse, il entre dans l'appartement de la reine, et lui applique, en plaisantant, un léger coup de baguette sur le derrière de la tête. Elle, sans regarder, et croyant le roi parti, dit : « Mon cher Landry, un loyal cheva-»lier doit toujours frapper par devant et non »par derrière. » Ces mots furent un coup de foudre pour Chilpéric ; il part sans lui répondre. Cependant les amans pressentant la vengeance qu'ils avaient à redouter du roi, songèrent à la prévenir, et il fut assassiné au retour de la chasse.

CLOTAIRE II,
Xe roi de France. (An 584.)

Clotaire n'avait que quatre mois, lorsqu'il succéda à son père Chilpéric ; il fut élevé, d'après l'assentiment de Frédegonde, sous la tutelle de Gontran, son oncle.

Ou voit, sous le règne de ce prince barbare, mère contre fils, épouse contre époux,
se poursuivre par tout ce que la lâcheté, la
perfidie, la cupidité, l'ambition peuvent
suggérer.

Théodebert et Thierri, à l'instigation de
leur mère, la vieille Brunehaut, se réunissent
pour dépouiller de ses états, Clotaire, leur
cousin. Ils rassemblent une armée, en vien-
nent aux mains, et sont vaincus par Clotaire
et Frédegonde. Vingt mille Français périrent
dans cette journée. Frédegonde, après cette
victoire, meurt dans son lit.

Ensuite Brunehaut, dont la soif du sang
n'était pas encore assouvie, arme les deux
frères, Théodebert et Thierri, l'un contre
l'autre, et a l'audace de dire à Thierri que
Théodebert est le fils d'un jardinier, qu'elle
l'a conçu par un amour illégitime; ainsi qu'il
n'est point son frère, et qu'il est l'usurpateur
des états qu'il gouverne.

Cet aveu devient le signal d'une guerre
entre les deux princes; le sang coule de nouveau; après une lutte prolongée, les adversaires s'accordent enfin.

Brunehaut réconciliée avec Thierri, sur
lequel elle veut conserver de l'autorité, le
plonge dans la débauche et la crapule, en
lui fournissant chaque jour de nouvelles
femmes.

Après une série non interrompue de haines,
de violences et de crimes, Théodebert meurt

sous le poignard d'un frère, et Brunehaut fait empoisonner son fils Thierri.

Les seigneurs de Bourgogne, révoltés de tant de scélératesse, se liguent avec Clotaire II, pour arrêter l'usurpation de Brunehaut qui venait de saisir le sceptre tombé des mains de son fils. Clotaire s'empare des états de Thierri. Clotaire fait arrêter Brunehaut, et ordonne qu'elle soit traînée par un cheval fougueux à travers une plaine hérissée de cailloux et de halliers. Ce supplice affreux atteste la barbarie de ce roi, qui fait égorger ensuite deux bâtards de Thierri, tranche la tête, de sa main, à Bertand, capitaine des Saxons, qu'il avait vaincu. Les Saxons s'étant révoltés contre son insupportable tyrannie, il ordonne que tous les mâles soient égorgés : « Je ne veux pas, dit-il, qu'il en » reste un plus haut que mon épée. »

Ce tigre expira en 628, à l'âge de 45 ans.

Ce fut sous son règne que l'on vit naître l'autorité des maires du Palais, qui devint par la suite si redoutable.

DAGOBERT Ier,

XIe roi de France. (An 628.)

Clotaire laissa deux fils, Dagobert et Charibert ; le premier lui succéda au trône de Paris, et Charibert eut l'Aquitaine ; mais ce dernier mourut après un règne obscur de huit années, n'ayant qu'un fils unique qui le suivit de près au tombeau. Dagobert, soupçonné de l'avoir fait empoisonner, demeura seul possesseur de la France.

Ce prince se souilla de tant de vices honteux qu'il perdit toute estime, toute considération parmi les peuples. Il ne se fit remarquer que par une vie dissolue et crapuleuse, qu'il crut racheter par son hypocrite dévotion. Il accabla le peuple d'impôts, pour satisfaire à ses passions honteuses et à sa prodigalité, chassa les juifs de toutes les villes de son domaine ; mais il bâtit beaucoup de monastères, de temples, et surtout l'abbaye de Saint-Denis.

Ce vil tyran eut, indépendamment de ses nombreuses concubines, trois femmes qui portèrent à la fois le nom de reines. A la mort du roi Dagobert, arrivée en 638, les maires du Palais s'emparèrent de toute l'autorité ; ce qui a duré sous les onze autres rois de la première race, dont nous ne compterons pour ainsi dire que les noms, pour ne point interrompre le fil de cette histoire véridique.

CLOVIS II,

XIIe roi de France, et Ier roi des fainéans. (An 638 .)

Clovis II, fils de Dagobert et de la reine Nantilde, monta sur le trône à l'âge de cinq ans, sous la tutelle de sa mère. En lui commença la coutume de ces indignes rois de ne se montrer qu'une fois l'année, le premier jour de mai, monté sur un char garni de fleurs et de verdure, tiré par quatre bœufs qui,

. . . . . D'un pas tranquille et lent,
Promenaient dans Paris le monarque indolent.

Ce prince vécut en lâche, entouré de femmes et ne songeant qu'à ses plaisirs. Il mourut dans la dix-neuvième année de son règne, âgé d'environ vingt-quatre ans, laissant trois fils qui régnèrent tous trois l'un après l'autre. Ce sont Clotaire, Childéric et Thierri.

CLOTAIRE III,

XIIIe roi de France. (An 656.)

Clotaire III fut salué roi à l'âge de sept ans, régna quatre ans, sous la conduite des maires du Palais, qui vexèrent les peuples sous son nom. Il meurt sans enfans, âgé d'environ vingt ans. Childeric II, son frère, lui succède.

CHILDÉRIC II,

XIVe roi de France. (An 670.)

Ce monarque fut méchant et débauché. Ses cruautés lui attirèrent la haine des grands du royaume; et l'un d'eux, nommé Bodillon, qu'il avait cruellement maltraité, l'ayant fait étendre sur un pieu et fouetter à coups de verges, l'assassina dans la forêt de Livri près de Rouen. Sa femme et son fils furent

I.

aussi assassinés par des personnes qu'il avait maltraitées. Childéric II régna quatre ans. Ce fut sous son règne que fut mis le premier impôt sur le vin.

THIERRI Ier,

XVe roi de France. (An 674.)

Thierri, frère de Childéric II, fut tiré du monastère de Saint-Denis et proclamé roi à l'âge de vingt-deux ans ; il fut roi en masque, et spectateur immobile des scènes longues et sanglantes que jouèrent les maires du palais. Thierri mourut à Arras en 690, à l'âge de quarante ans.

CLOVIS III,

XVIe roi de France. (An 690.)

Ce fils aîné de Thierri lui succéda, et ce fut roi que de nom pendant quatre ans. Pepin d'Héristal, maire du Palais, conserva toute l'autorité sous ce prince sans vertus et sans postérité.

CHILDEBERT II,

XVIIe roi de France. (An 695.)

Childebert II, frère puîné de Clovis III, régna comme son frère et vécut dix-sept ans, soumis à l'autorité de Pépin d'Héristal, maire du royaume.

DAGOBERT II,

XVIIIe roi de France. (An 711.)

Dagobert II, fils de Childebert II, suc‑
cède à son père à l'âge de dix ans, et règne
quatre ans parmi la confusion et la déca‑
dence lamentable de sa race. Pépin assure de
plus en plus son autorité en flattant le peuple
et l'Eglise. Dagobert mourut en 716.

Il laissa pour héritier Chilpéric II, que
Charles Martel, bâtard de Pépin, fit monter
sur le trône pour régner effectivement sous
son nom.

CLOTAIRE IV,

XIXe roi de France. (An 715.)

Clotaire IV ne dut la couronne qu'aux
intrigues de Charles Martel qui gouvernait
seul. On ne sait rien de la famille, de l'âge
ni de la mort de ce Clotaire, qui régna en
apparence l'espace d'environ quatre ans.
Plusieurs historiens ne le mettent point au
nombre des rois de France.

CHILPÉRIC III,

XXe roi de France. (An 716.)

Chilpéric III fut tiré du monastère, où
il s'appelait Daniel, et on lui donna la cou‑
ronne. Ce prince sot, voluptueux et efféminé,
règne cinq ans, et meurt après que Charles
Martel eut vaincu les Suaves, les Saxons,

les Bavarois, et achevé d'avilir par ses victoires l'autorité royale.

THIERRI II,

XXIe roi de France. (An 721.)

Thierri II, dit de *Chelles*, frère de Chilpéric, lui succède et règne dix ans, et laisse
le trône à Chilpéric IV, dernier roi ou fantôme de roi de la race dite des Mérovingiens.

Il y eut un interrègne, pendant lequel
Charles Martel continua de gouverner le
royaume avec le titre de *duc des Français*.

Pepin et Carloman, fils de Charles Martel,
se partagent le royaume en qualité de maires,
et cependant mirent sur le trône Chilpéric IV,
qui par conséquent succéda à Thierri II.

CHILPÉRIC IV,

XXIIe roi de France. (An 742.)

Chilpéric IV, fils présumé de Thierri de
Chelles, fut proclamé roi dans la partie de
la France gouvernée par Pépin, et fut le dernier de la première race.

Huit ans après son avénement au trône, il
fut déposé, rasé et enfermé dans le monastère de Saint-Bertin en Artois, où il mourut
en 755.

C'est sous le règne de Chilpéric IV que
l'on commença à compter les années d'après
la venue de Jésus-Christ.

Carloman, frère de Pépin, se fit moine
de saint Benoît au mont Cassin ; Pépin demeura seul maire du Palais.

SECONDE RACE,

DITE DES CARLOVINGIENS.

PÉPIN LE BREF,

XXIIIe roi de France. (An 751.)

Pepin, dit le Bref à cause de la petitesse de sa taille, plaça sur son front la couronne de Chilpéric IV; et voulant étayer son usurpation par la religion, il se fit sacrer roi par le pape Etienne III, qui était alors venu en France pour demander des secours contre le roi des Lombards, qui se préparait à fondre sur le patrimoine de Saint Pierre. Pépin, reconnaissant de ce que le pape le déclarait défenseur de l'Eglise romaine, passe les Alpes avec une armée formidable, et, le fer et la flamme à la main, descend dans les plaines de la Lombardie, pille, saccage, détruit les villes de cette contrée, et fait présent au pape de l'exarchat de Ravenne. Ainsi la France fut dépeuplée et l'Italie ruinée, en reconnaissance de ce qu'un prêtre a béni un acte illégitime. C'est de cette époque que

2

date la puissance temporelle des papes, qui a couvert de sang et de ruines toute la chrétienté.

Pépin mourut en 768, laissant deux fils, Charles et Carloman ; mais le successeur de Pépin fut Charlemagne.

CHARLES Ier, ou CHARLEMAGNE,

XXIVe roi de France. (An 769.)

Ce monarque, que les prêtres ont sanctifié, était dévoré de cette ambition cupide qui fut la règle de toute sa vie. Carloman, son frère, ne survécut que trois ans à son père, en laissant deux fils sous la tutelle de leur mère. Mais Charles poursuivit d'une haine barbare les enfans de son frère ; il leur ravit ses états, qu'il unit à ses vastes domaines.

Après la mort de Carloman, sa veuve se retira avec ses deux fils chez Didier, roi de Lombardie, qui les accueillit avec humanité. Charles, outré de fureur, répudie la fille de ce roi qu'il avait épousée, et la renvoye avec ignominie ; il marche ensuite contre Didier, qui, après la perte de deux batailles, s'était renfermé dans Pavie ; Charles l'y assiége ; et, après un siége qui dura une année, cette ville se rendit par composition. Violant les conventions, le vainqueur féroce charge Didier de chaînes, le fait traîner à Lyon, et le condamne à finir ses jours dans un cachot.

Voilà deux fois que Charles dit *le Grand* outrage le sang et la nature ; la première , en
ravissant l'héritage de ses neveux , et la seconde en dépouillant et incarcérant son beau-
père.

Fanatique ou fourbe , il fait une guerre
cruelle aux Saxons , pour leur faire quitter
leur religion et embrasser la sienne. Des
torrens de sang sont versés dans cette guerre,
qui dura trente-trois ans. Le baptême ou la
mort ! leur crie cet impitoyable vainqueur ;
et 4,500 têtes tombent à ses pieds en un
seul jour.

Charles , toujours poussé par le fanatisme
et son orgueil indomptable , irrité contre les
Sarrasins , se résout à porter la guerre en
Espagne. Pendant quatorze ans que dura cette
guerre , il périt par le fer des Sarrasins , par
les maladies , par les fatigues , peut-être un
million de Français.

Le pape Léon III, souillé de crimes , est
saisi au milieu d'une procession , traîné dans
la boue , frappé , puis jeté en prison. Parvenu à s'échapper , il se sauve en France, et
promet l'empire à Charlemagne , s'il veut le
replacer sur le siège pontifical. Le monarque y consent , lève une armée , marche
droit à Rome ; le crime commande de nouveau au monde chrétien , et Charles est proclamé empereur, le jour de Noël de l'an 800.

La vie privée de Charles fut aussi scandaleuse que sa vie politique fut perfide et

féroce ; il entretenait une foule de concubines et de courtisanes ; alliant à la débauche,
le fanatisme, la scélératesse et l'hypocrisie,
il dépouillait le malheureux habitant des
campagnes, pour enrichir des églises, des
monastères. Il fonda dix évêchés, plus de
vingt abbayes ; c'est pourquoi il fut absous
des assassinats de plus de vingt millions
d'hommes qu'il a fait périr par la famine,
le fer et le feu.

Ce prince mourut en 814. De tous ses fils
légitimes, il ne resta à sa mort que Louis,
surnommé le Débonnaire, qui fut son successeur.

LOUIS Ier, surnommé LE DÉBONNAIRE, empereur,

et XXVe roi de France. (An 814.)

Louis, plus propre à être moine que roi,
rendit son règne méprisable au dedans comme
au dehors. Les peuples irrités de porter un
joug si ridicule, se révoltèrent contre lui.

Les Normands commencèrent sous son règne leurs incursions en France.

Bernard, fils de Pépin, que Charlemagne
avait fait roi d'Italie, se jette en conquérant
sur les états de l'empereur ; mais, le monarque italien étant tombé en son pouvoir, il
commence par dépouiller le monarque italien, et lui fait ensuite crever les yeux, ainsi
qu'à tous les grands de son parti ; et, non con-

tent de cet horrible supplice, il finit par les faire décapiter.

Le roi avait trois fils de sa première femme avec lesquels il avait partagé sa puissance, en associant l'un à l'empire, en donnant aux deux autres l'Aquitaine et la Bavière. Ces trois frères firent la guerre à leur père. Louis, abandonné de ses troupes, fut fait prisonnier avec son épouse, et tous deux furent enfermés dans un monastère.

Ces événemens se passaient en 830. Un an après le roi fut rétabli sur le trône. Mais en 833, les princes se révoltèrent de nouveau; ils traînèrent le monarque à Compiègne, où il fut déposé et mis en pénitence par Ebbon, archevêque de Reims.

Les restes de la vie de ce misérable prince s'écoulèrent à reprendre, à quitter, à reprendre alternativement la pourpre impériale et le cilice; à punir ses fils rebelles et à leur pardonner. Enfin il meurt moine en 839, près de Mayence; il eut pour successeur Charles II, dit *le Chauve*, son fils.

CHARLES II, dit LE CHAUVE, empereur,

et XXVIe roi de France. (An 840.)

Le règne de ce prince, qui dura trente-sept ans, est marqué par une seule tentative; et cette tentative fut un crime. Charles, sous prétexte de réprimer la rébellion des princes de Spolette et de Bénévent, entre en

Italie dans le but de dépouiller sa nièce Hermingarde, fille de Louis. Mais un poison subtil que Sédécias, médecin de Charles, lui fit prendre à Mantoue, l'entraîna dans la tombe en 877.

LOUIS II, dit LE BÈGUE, empereur,

et XXVIIᵉ roi de France. (An 877.)

Louis régna deux ans, sans avoir rien fait pour le bonheur du peuple, et mourut en 879, laissant trois fils : Louis, Carloman, et Charles, dit *le Simple*.

LOUIS III ET CARLOMAN,

XXVIIIᵉ rois de France. (An 879.)

Ces deux bâtards de Louis-le-Bègue meurent deux ans après leur élévation. Tout ce qui reste à dire sur ces règnes, heureusement si courts, prouve qu'ils n'ont été remplis que de confusion et d'intrigues aussi obscures que cruelles.

CHARLES III, dit LE GROS,

XXIXᵉ roi de France. (An 884.)

Charles, fils de Louis le Germanique, fut élu pour régner sur les Français à la place de Charles-le-Simple, qui n'avait que cinq ans. Il était déjà empereur de Germanie. Sous le règne de ce monarque, les Normands ravagent la Neustrie, et enfin se la font céder par lui comme fief de l'empire.

Ce prince gouverna si mal son royaume que ses peuples se soulevèrent et le chassèrent. Il se retira dans un village de Suabe, où il mourut misérablement en 888.

EUDES, ou ODON,

XXXe roi de France. (An 888.)

Eudes, comte de Paris et duc de France, fut proclamé roi, à la mort de Charles-le-Gros ; il était fils de Robert-le-Fort. C'est de cette souche qu'est sortie la race des Capétiens. Ce prince mourut à l'âge de 40 ans, après en avoir régné neuf.

CHARLES IV, dit LE SIMPLE,

XXXIe roi de France. (An 898.)

Charles-le-Simple, trop digne de son surnom, cet idiot couronné, déclaré inhabile à régner par les principaux seigneurs du royaume, est contraint d'abdiquer. Traîné ensuite de prison en prison, pendant sept ans, il meurt à Péronne en 932.

RAOUL, L'USURPATEUR,

XXXIIe roi de France. (An 923.)

Il gouverna trente ans. Son règne fut pénible et funeste. Les Français trop crédules avaient espéré de lui, et il les laissa en proie aux dissensions, aux haines, aux usurpations des grands et à leur indigne cupidité. Il mourut sans postérité.

LOUIS IV, dit d'Outremer,

XXXIIIe roi de France. (An 936.)

Ce fils de Charles-le-Simple monta sur le trône à l'âge de dix-huit ans. Le peuple fut, sous son règne, plus malheureux encore que sous les règnes précédens. Il fut lâche, faible, cruel et perfide. Il mourut en 954, laissant deux fils, Lothaire et Charles.

LOTHAIRE,

XXXIVe roi de France. (An 954.)

Ce monarque hérita de la perfidie de son père. Il réussit à désoler la France par ses propres armées et celles des Normands. Il était malheureux, et voulut toujours la guerre, parce qu'elle frappait sur le peuple et non sur lui. Il n'épargna rien pour augmenter l'indignation de ses sujets contre l'autorité royale. Il meurt à Reims, ne laissant après lui qu'une exécrable mémoire.

LOUIS V, dit le Fainéant,

XXXVe roi de France. (An 986.)

Louis V succéda à son père à l'âge d'environ vingt ans, sous la tutelle de Hugues Capet. Il fut empoisonné par son épouse ; il ne régna qu'un an, et mourut sans enfans.

En lui finit la race des Carlovingiens.

TROISIÈME RACE,

DITE DES CAPÉTIENS.

HUGUES CAPET,

XXXVIᵉ roi de France. (An 987.)

Hugues Capet, fils de Hugues-le-Grand, fut proclamé roi par les seigneurs assemblés à Noyon, à l'exclusion de Charles, oncle de Louis V.

Il commença par donner à la France autant de petits tyrans héréditaires qu'elle contenait de gouvernemens. Il leur céda à titre de propriété ce qu'ils n'avaient qu'à titre d'office ; il introduisit donc le premier ce gouvernement archi-féodal qui a désolé la France jusqu'à la révolution. Au lieu d'un tyran, le peuple en eut par milliers, en eut autant qu'il y avait de duchés, de comtés, de baronnies, de marquisats, de châtellenies, etc. Charles de Lorraine, héritier collatéral de Louis V, court aux armes, pour soutenir ses droits à la couronne ; après quelques succès sur l'usurpateur, il se voit assiégé dans Laon. La ville est sommée de se rendre

1. 3

et de livrer le malheureux prince déclaré *criminel de lèse-majesté*. Laon, menacée d'une horrible destruction, ouvre ses portes, et le roi légitime, sa femme et ses enfans sont conduits captifs à Orléans. Cet infortuné vécut quelques années en prison; il y eut même plusieurs enfans... Tout périt dans cette noire enceinte par le poison.

Ce monarque mourut en 996, après un règne de neuf ans. Robert, son fils unique, lui succéda.

ROBERT,

XXXVIIe roi de France. (An 996.)

Dévot imbécille, ce roi se laissa hautement excommunier par Grégoire V, pour avoir épousé sans dispense Berthe, sa parente. Il la répudia, afin de faire lever l'interdit que le pape avait mis sur son royaume... Ce fut sans doute pour achever de se réconcilier avec l'Eglise que Robert fit brûler, en sa présence et en celle de Constance sa seconde femme, plusieurs chanoines d'Orléans, dont le crime reste ignoré. Le couple royal rassasia sa vue de cet horrible spectacle.

Robert récitait régulièrement son rosaire, bâtit des couvens, et augmenta la foule oisive des moines. Le jeudi saint, il lavait les pieds d'un certain nombre de pauvres, et les servait. Exemple ridicule que, depuis cette époque, ont suivi les rois de France, en lavant les pieds de douze pauvres à pareil jour.

Sous son règne, la France fut ravagée trois fois par la famine et une fois par la peste.

Ce prince mourut en 1033.

HENRI Ier,

XXXVIIIe roi de France. (An 1033.)

Henri Ier succéda à Robert son père. Il s'agita dans des querelles assez obscures, dans des guerres intestines, et qui par là frappèrent plus sûrement sur le royaume. Ce monarque exista comme tous les rois inutiles et vulgaires, et il ne donna aucune marque qu'il se fût occupé des devoirs d'un roi pendant les trente années qu'a duré son règne. Ce prince mourut à Vitri.

PHILIPPE Ier,

XXXIXe roi de France. (An 1061.)

Philippe Ier, fils de Henri Ier, monta sur le trône à l'âge de sept ans, sous la tutelle de Baudouin, comte de Flandres. A peine ce monarque régna-t-il seul qu'il s'adonna à une foule de désordres et de vexations envers ses sujets. Une partie de sa jeunesse se passa dans ses amours effrénées pour Bertrade, femme de Foulques, comte d'Anjou; il répudia, pour épouser cette maîtresse, Berthe, fille du duc de Frise; mariage doublement scandaleux, qui lui attira l'excommunication du pap Orbain II. Philippe mourut à Melun en 1108, usé de débauche.

LOUIS VI, dit LE GROS,

XLe roi de France. (An 1108.)

Louis VI, fils de Philippe Ier, succéda à son père à l'âge de vingt-trois ans. Son règne ne fut remarquable que par des guerres civiles. La discorde s'alluma sur plusieurs points du royaume : des villes armèrent contre des villes, des provinces contre des provinces, pour soutenir les droits des seigneurs auxquels elles obéissaient, et qui, pour la plupart, accablaient leurs vassaux d'impôts et de vexations. Louis, dans ces querelles locales, ne fit intervenir une seule fois son autorité souveraine que pour commettre une violation. Louis fut encore un roi dévot, un roi malhonnête homme, à genoux devant des reliques, aux pieds des papes Gélase II et Innocent II, et s'abreuvant des larmes et du sang des peuples. Il meurt en 1137, après avoir occupé le trône vingt-neuf ans.

LOUIS VII, dit LE JEUNE,

XLIe roi de France. (An 1137.)

Successeur de Louis-le-Gros, son père, Louis VII monta sur le trône à l'âge de dix-sept ans. Les commencemens de son règne furent troublés par le pape Innocent II, avec lequel il se brouilla. Il fit la guerre à Thibaut, comte de Champagne, entra sur ses terres, mit tout à feu et à sang dans les campagnes voisines de Vitry, se rendit maître de cette ville et y commit les mêmes horreurs. Quinze cents habitans s'étaient réfugiés dans une église : le pieux Louis fit fermer les grilles de ce temple et le livra aux flammes. Placé devant l'édifice incendié, le féroce monarque souriait aux horribles convulsions, aux grincemens de dents, aux cris affreux du désespoir que tant de victimes faisaient éclater à travers les barreaux..... « Quand cette » vile populace arrivera en enfer, disait-il à » ses satellites, elle aura du moins fait son » apprentissage de damné.....; elle me doit » des remerciemens.... »

Après cette horrible expédition, Louis s'embarque avec son épouse Eléonore de Guienne pour la Terre-Sainte, à l'effet de faire la guerre aux infidèles. La reine, pleine de mépris pour son mari, se livre aux embrassemens du sultan Saladin. Louis veut la ramener dans ses états ; elle refuse de quitter Antioche, prétendant que Louis est plus propre à être moine que roi et mari. Eléonore, forcée de quitter son cher Saladin, revient en France, où son mariage est dissous par un concile, sous prétexte de consanguinité. Le roi veut se remarier, mais le pape s'oppose à cet hymen, à moins d'une taxe exorbitante que Louis acquitte en pliant le genou.

3*

Ce prince barbare était dévot, fonda des couvens, fit des pèlerinages, et mourut après un règne de quarante-trois ans, comblé d'éloges par le clergé, et en horreur à ses peuples.

PHILIPPE II, dit Auguste,

XLIIe roi de France. (An 1180.)

Ce prince *auguste*, fils de Louis VII, succéda à son père. Il commença son règne par une injustice, en chassant tous les juifs des terres de son domaine. L'édit qui les chassa porte, *pour opiniâtre superstition et usures excessives.* Qu'est-ce que leur superstition ? Parce qu'ils adoraient le même Dieu que Moïse, et qu'ils attendaient un messie. On les chasse pour usures excessives ; comment voulait-on qu'ils pussent vivre, ne pouvant posséder aucunes terres, ne pouvant servir personne, parce que personne ne voulait les employer ? Il fallait bien, pour ne pas mourir de faim, qu'ils fissent valoir leur argent.

En 1181, Philippe condamne à l'amende les nobles qui ont juré *tête-bleu, ventre-bleu, corbleu, sang-bleu*, et, cruauté inimaginable, il fait noyer les vilains coupables de ces prétendus délits.

Ce monarque n'était pas trop débonnaire dans son ménage ; il répudie deux de ses femmes ; mais le pape ayant mis sa personne et son royaume en interdit, il se détermine à reprendre Isamberge, sœur du roi de Danemarck.

Sur la remontrance de ce pape qui l'avait excommunié, il passe avec Richard, son beau-frère, roi d'Angleterre, en Asie, pour aider à la conquête de la Terre-Sainte. Les deux rois se jurèrent une amitié fraternelle. Ils traversent la Méditerranée, et arrivent en Syrie. Après avoir perdu beaucoup de monde à la prise d'Acre, la peste se met dans leur armée. Tous deux veulent s'en retourner, et Philippe est le premier à obtenir congé; il jure à Richard qu'il n'entreprendra rien contre lui, surtout pendant son absence. A peine arrivé en France, Philippe trahit ses sermens en s'unissant sourdement à Jean, frère de Richard, prend Gisors par intelligence, et toutes les villes du Vexin qui étaient en litige.

A ces crimes ajoutons les désastres auxquels il livre les malheureux Albigeois on Languedociens, qui avaient osé reprocher aux grands, et surtout aux ecclésiastiques, de se souiller des vices les plus honteux. L'indigne Simon de Montfort est le principal agent des fureurs vengeresses du roi. Béziers fut le premier théâtre des forfaits commis par les troupes de ce brigand, forfaits inouïs, et que la plume se refuse à tracer. Carcassonne, Castelnaudary, Lavaur, Alby subirent le même sort. Ainsi se termina le règne de *Philippe-Auguste*, qui mourut en 1223.

LOUIS VIII, dit le Lion,

XLIIIᵉ roi de France. (An 1223.)

Louis VIII, qu'on a surnommé *Le Lion*, à cause de son grand courage, et qui eût mérité d'être appelé *Le Tigre* à cause de sa férocité, succède à Philippe – Auguste, son père. Il n'eut d'autres vertus, d'autres talens qu'une basse perfidie envers son parent, le comte de Toulouse, qu'il acheva de dépouiller; et, pour comble d'indignité, il l'engagea à aller à Rome s'avilir aux pieds du pape, se soumettre à recevoir la discipline, le fouet, pour pénitence de ce qu'il était horriblement dépouillé, et des horreurs commises dans ses états. Ce monarque foudroie les pauvres Albigeois d'édits terribles, les traite d'ennemis de Dieu, d'hérétiques, de rebelles, saccage tout ce qui s'oppose; tout ce qui doute de son autorité et de celle du pape. Dans les trois années qu'a duré le règne de ce roi, on ne trouve à citer que des perfidies, des assassinats et des meurtres. Il mourut en 1226, âgé de trente-neuf ans.

LOUIS IX, dit saint Louis,

XLIVᵉ roi de France. (An 1226.)

Louis IX, fils de Louis VIII et de Blanche de Castille, succède à son père à l'âge de douze ans, sous la tutelle de la reine, sa

mère, dont le caractère était âpre et impé ;
rieux.

Ce prince commença à gouverner sa maison comme un sous-prieur régit son couvent.
Il y faisait tous les jours la lecture de l'Ecri-
ture-Sainte ; bâtit et fit réédifier une quantité
considérable d'églises, et lança de terribles
ordonnances contre les jureurs et les blasphémateurs.

Les évêques de Rome donnaient toujours
à l'Europe le spectacle scandaleux de dis-
cordes, de guerres avec les empereurs, et
Louis partagea en quelque sorte leurs prétentions ridicules, en les secondant dans leurs
manœuvres pour dépouiller le malheureux
empereur Frédéric ; ce qui valut à son frère,
Charles d'Anjou, les royaumes de Naples et
de Sicile.

Le roi tombe malade en 1244, et, dans un
accès de fièvre, il rêve que Jésus lui reproche son indifférence pour les chrétiens ; il
lui jure que, s'il lui rend la santé, il s'ar-
mera pour leur défense : il en revient ; il ne
doute pas que la santé ne lui ait été rendue
pour exécuter son vœu. Il se croise avec la
reine Marguerite, sa femme, et un nombre
considérable de seigneurs de toutes les parties de la France ; il s'embarque à Marseille,
traînant après lui ses habitans et ses trésors.
Dès l'île de Chypre, la peste emporte un
tiers de son armée.

Arrivé sur la terre des infidèles il assiége

et prend Damiette. Mais bientôt son armée est assaillie de tous côtés par des ennemis frais et vigoureux, affaiblie, réduite à rien par les maladies contagieuses, encore plus que par le fer des musulmans. Enfin, profitant de l'extrémité à laquelle il était réduit avec son armée, le sultan Melec-Sala fond dessus, la défait, et prend prisonnier le roi, ses frères, et tous les principaux capitaines.

Le roi voulant racheter sa liberté, il fallut fixer le prix de la rançon; elle fut de huit mille livres d'or, qui furent forgées à Paris et portées à Damiette. Cette somme, énorme pour le temps, appauvrit le royaume, qui paya seul la folie cruelle et bizarre de cette entreprise extravagante.

Louis, pour ne pas revenir les mains vides, acheta des reliques : quelques os en poudre, quelques morceaux de bois béni furent le prix de l'or et du sang des Français. Il se rembarqua pour la France cinq ans après son départ; enfin, il arrive. Son premier soin fut de renouveler ses ordonnances contre les jureurs, les blasphémateurs et les hérétiques, en répétant : « Les hérétiques, » il faut leur enfoncer l'épée dans la gorge » aussi avant qu'elle peut entrer. »

Ce pieux monarque légitime de son autorité deux enfans bâtards de Marguerite de Flandre, qu'elle avait eus d'un prêtre, et leur fait partager sa succession avec trois autres enfans qu'elle avait d'un mariage légitime avec Gui de Dampierre.

Après le désastre de son premier voyage en Terre-Sainte, l'envie d'en faire un second s'empare encore de Louis; une tourmente affreuse assaillit sa flotte sur les côtes de Sardaigne. Il aborde enfin en Afrique, assiége d'abord Carthage, qu'il prend, non sans perdre un grand nombre de ses meilleurs soldats. Il s'apprêtait à assiéger Tunis, lorsque la peste se mit dans son camp, l'attaqua lui-même, et termina en 1270 une vie entièrement employée pour la ruine des Français. Voilà ce *grand* roi dont le pape Boniface VIII devait faire *saint Louis*.

Louis IX eut onze enfans de sa femme Marguerite de Provence, savoir, cinq filles et six fils, dont l'aîné, Philippe, lui succéda.

PHILIPPE III, surnommé LE HARDI,

XLVe roi de France. (An 1270.)

Philippe III fut proclamé roi en Afrique, après la mort de Louis IX, son père. Il obtint quelques légers avantages sur les Maures, fit la paix avec eux, et revint en France après avoir enterré père, femme, oncle, tante, cousin. Ainsi finirent les croisades qui enlevèrent à l'Europe deux millions d'hommes, sans aucun résultat avantageux.

Le monarque, arrivé en France, épouse Marie, fille de Henri, duc de Brabant, quoiqu'il eût trois filles d'Isabeau, sa première femme. Louis, son fils aîné, meurt empoisonné. Marie est accusée de lui avoir fait donner le poison. Elle nie le crime, et affirme par serment qu'elle n'est point coupable. On consulte une vieille sorcière qui trouve l'accusation calomnieuse, et la reine est blanchie.

Philippe embrassa la querelle de son barbare oncle, Charles d'Anjou, indigne usurpateur du royaume de Sicile, dont le crime fut puni au massacre des *Vépres siciliennes*, non pas comme il le méritait, car il en échappa. Le même jour et à la même heure toute la Sicile s'élève contre les Français. Un cri général de *meurent les tyrans!* se fit entendre : tout regorge du sang des Français, plus de huit mille hommes perdirent la vie en deux heures de temps. Charles manqua pour victime dans ce juste et solennel sacrifice.

Philippe III marcha contre le roi d'Aragon, prit Gironne, et mourut au retour de cette expédition, à Perpignan, en 1285, dans la seizième année de son règne. La médiocrité de ce prince égala celle de son père, et il ne montra pas plus de loyauté que lui.

PHILIPPE IV, dit LE BEL,

XLVIe roi de France. (An 1285.)

Philippe IV, fils de Philippe-le-Hardi, fut

un des tyrans les plus félons et les plus fourbes
qui aient déshonoré le trône; c'est un des
rois qui ont arraché le plus de larmes et de
sang à la France. Guí, comte de Flandre,
allait marier sa fille avec le prince de Galles,
fils d'Edouard, roi d'Angleterre. Philippe,
craignant que cette union ne le mît un jour
en état de soutenir ses droits, le persuada
d'amener sa fille à la cour de France avant
de se rendre à Londres. Le père y consentit;
mais le comte, arrivé à Paris, fut jeté dans
une prison, et sa fille renfermée dans une
tour. Le lendemain un héraut déclare à Gui
que, étant le vassal du roi, celui-ci n'entend
pas qu'il marie sa fille sans son consentement. Cette princesse infortunée, après plusieurs mois de captivité, mourut dans les
chaînes. La Flandre avait été envahie; le
comte Gui, dépouillé, ne savait où porter
ses pas et ses vœux. Philippe lui fait persuader de venir à Paris, où ses états et les bonnes
grâces du roi lui seront rendus. Sur cette
promesse, Gui, ses deux fils et un grand
nombre de seigneurs flamands arrivent à Paris. Ils sont aussitôt arrêtés et conduits dans
diverses citadelles. Ainsi une atroce perfidie
est couronnée par une perfidie plus atroce
encore.

Les Flamands indignés s'unissent contre
Philippe, et lui font payer bien cher la violation du droit des gens. Un tisserand, un
boucher les conduisent à la vengeance. La

journée de Courtrai est fatale aux Français. D'une armée de quarante mille hommes à peine en échappa-t-il trois cents. Tous les plus grands seigneurs y périrent. On compta plus de douze mille gentilshommes tués dans cette bataille par le peuple justement forcené.

Ce monarque, aussi cupide que perfide, se fit un jeu d'altérer les monnaies.

Passons aux démêlés que Philippe-le-Bel eut avec le pape Boniface VIII, prêtre non moins orgueilleux, non moins ambitieux que lui. Albert d'Autriche venait d'être élu empereur; Boniface, outré de la retraite que le roi avait donnée à la maison de Colonne, ennemie de ce pontife, ne trouva rien de plus simple que d'investir Albert du royaume de France, et d'excommunier le roi. Philippe sut résister aux entreprises de ce pontife audacieux, qui mourut de rage, d'un soufflet qu'il avait reçu de Scara, envoyé près de lui par le roi.

Clément V, qui succéda à Boniface VIII dans la chaire de saint Pierre, fit la paix avec le roi. Ce pape aida puissamment Philippe-le-Bel à abolir l'ordre des Templiers. Ces guerriers religieux, renommés par leur valeur, avaient glorieusement servi le roi à la bataille de Mons; il les en récompensa en faisant brûler un grand nombre d'entre eux, avec Jacques Molay leur grand maître. Il sacrifia sans pudeur ces moines armés, pour s'emparer de leurs biens.

Ce prince mourut à Fontainebleau en 1314, âgé de quarante-six ans. Il laissa trois fils qui régnèrent tous trois après lui successivement. « Tous trois, dit un historien, furent » cocus; mais leur cocuage fit rire la nation, » et ne la vengea pas. »

LOUIS X, dit LE HUTIN,

XLVIIe roi de France. (An 1314.)

Louis X, prince insolent, mutin (c'est ce qu'on entend par hutin), dissimulé, ingrat, imprudent, se montra aussi avide, aussi fourbe que son père, dont il était le fils aîné.

Il signala le commencement de son règne par une injustice, ou plutôt par un crime. Il ne s'était point trouvé d'argent pour les frais du sacre, le roi s'en prit à Enguerrand de Marigny, surintendant des finances, que la haine publique poursuivait calomnieusement comme auteur des maux de la nation; on le condamna sans l'entendre, et il fut pendu comme un vil scélérat au gibet de Montfaucon, qu'il avait fait dresser lui-même quelque temps auparavant.

Ce prince voulant tout régler suivant la trempe de son esprit et de son cœur, ne fit que des sottises, commit des injustices et des crimes. Il avait épousé en premières noces Marguerite, fille de Robert, duc de Bourgogne ; mais il la fit enfermer à cause de son inconduite, et en 13i3, elle fut étranglée par son ordre. Ce tyran accabla son peuple d'impôts, et mourut dans la seconde année de son règne.

PHILIPPE V, dit le Long,

LVIII° roi de France. (An 1316.)

Philippe V, dit le Long, à cause de sa grande taille, deuxième fils de Philippe-le-Bel, succéda à Louis le Hutin, son frère, à l'âge de vingt-trois ans. Le règne de ce monarque doit être cité pour les extorsions et les crimes commis en son nom. Ajoutons que ce prince rapace rappela les juifs, et que, lorsque, confians dans sa parole *royale*, ils furent rentrés en France, moyennant une forte taxe, il les chassa de nouveau, sous le prétexte invraisemblable qu'ils avaient formé le complot d'empoisonner les puits et les fontaines.

Philippe V mourut sans enfans, après un règne de cinq ans.

CHARLES IV, dit le Bel,

LIX° roi de France. (An 1322.)

Charles IV, fils de Pilippe-le-Bel, succéda à Philippe le Long, son frère, décédé sans enfans.

Ce prince fit rechercher exactement tous

les traitans et usuriers qui exerçaient toutes sortes d'exactions et d'injustices parmi le peuple; il consigna à son profit leurs biens, et les chassa de la France. C'était un voleur qui volait d'autres voleurs.

Il fut le premier qui accorda aux papes de lever des *décimes* sur les églises de France, afin d'en pouvoir percevoir à son tour; accord avare, injuste, tyranique, impolitique, digne d'un prêtre et d'un despote. Ce roi se souilla du sang de Philippe et Gautier de Lanoi, qui avaient obtenu les dernières faveurs de Marguerite, femme de Louis le Hutin, et de sa propre épouse... Ces infortunés payèrent cher quelques instans de plaisir. Après avoir été indignement mutilés, ils furent écorchés vifs. On frissonne en lisant le procès-verbal de leur exécution.

Charles-le-Bel mourut après six années de règne. Avec ce prince finit la postérité de Philippe-le-Bel, ainsi que la première branche de la race des Capétiens.

Ici commence la branche dite de Valois, seconde branche de la race des Capets, et qui a régné jusqu'à Henri III, inclusivement.

4*

BRANCHE DES VALOIS.

PHILIPPE VI, dit DE VALOIS,

Le roi de France. (An 1328.)

Philippe VI, surnommé *le Fortuné*, sans doute parce qu'il parvint de fort loin à la couronne ; était petit-fils de Philippe-le-Hardi, et fils de Charles-de-Valois, oncle de Charles-le-Bel, qui n'avait laissé en mourant que trois filles.

Ce premier monarque de la branche des Valois entraîna la France dans les plus grands malheurs. Les Flamands s'étaient insurgés contre leur prince qui les accablait d'impôts, et les vexait de toutes manières. Philippe court au secours de ce tyran contre ses sujets; il les attaque et les défait à la bataille de Cassel ; près de vingt mille hommes restèrent sur la place. Après les avoir massacrés, il saccage et réduit Cassel et plusieurs villages en cendres. La différence entre le scélérat, le meurtrier qui marche à l'échafaud, et ces assassins, ces incendiaires publics appeles *rois*, c'est que les premiers n'ont arraché la vie qu'à un ou deux individus, et que les autres ont massacré des nations entières.

Philippe VI, roi sans prudence, sans politique, somme orgueilleusement Edouard III, roi d'Angleterre, de venir lui rendre hommage pour la Guienne; il y vient, Philippe le traite avec insolence, avec dureté. Ce monarque humilié, la rage dans le cœur, la menace à la bouche, repasse la mer, qu'il va bientôt couvrir de ses vaisseaux armés contre son fier voisin. Bientôt eut lieu le combat naval, appelé la journée de l'Ecluse, où il périt en trois ou quatre heures plus de trois mille Français. Mais ce ne fut que le prélude des désastres de Crécy, où toute l'armée française périt. Le soldat anglais était las de tuer. Le duc d'Alençon, frère du roi, périt aussi dans cette journée désastreuse.

Après la funeste bataille de Crécy, la France entière, réduite à la dernière détresse, était encore pressurée par les nouvelles dépenses que faisait le roi, et qui nécessitèrent de nouvelles exactions. Le mauvais maniement des deniers publics, la perfidie des traitans, qui s'engraissaient de la misère des peuples, la diminution du commerce, l'augmentation des tailles, impôts, subsides, gabelles, tout faisait sentir les folies barbares de Philippe de Valois.

Alors ce roi, au milieu des désastres qu'il avait occasionés, ne trouva rien de plus

expédient que de confier l'administration des
finances aux gens d'église. L'effet prouva de
quel excellent remède il s'était servi. On condamna à tort et à travers des financiers, des
banquiers, et on leur arracha de force un argent qui pouvait être légitimement acquis ;
mais il en fallait remplir le tonneau des Danaïdes, le trésor royal.

Valois mit le comble à l'exécration du peuple par la falsification des monnaies, qui fut
telle qu'il porta l'écu, valant alors 1 livre 16
sous, à 3 liv. 15 sous.... Devenez roi, et
cette falsification des monnaies, qui fait
pendre un particulier, comptera parmi vos
actes d'utile précaution.

Philippe VI mourut à Nogent en 1350, à
l'âge de cinquante-sept ans, dans la vingt-
deuxième année de son règne.

JEAN, dit LE BON,

IIe roi de France. (An 1350.)

Jean, surnommé le Bon, on ne sait trop
pourquoi, fils aîné de Philippe de Valois,
signala le commencement de son règne par
un acte de barbarie, en faisant exécuter, au
milieu de la nuit, Raoul-de-Nesle, accusé,
mais nullement convaincu, d'avoir conspiré
avec les Anglais contre la France. Charles
d'Espagne de la Cerda, ayant succédé à ce
malheureux officier, fut bientôt assassiné lui-
même par les sires d'Harcourt, le seigneur

de Maubué, et Colinet-Doublé, qui, dit-on, n'agirent que par l'instigation de Charles-le-Mauvais, roi de Navarre. Jean acheva de s'aliéner la nation entière, en faisant décapiter ces gentilshommes sans la moindre procédure.

Jean eut de grands démêlés avec Edouard III, roi d'Angleterre, qui vint au secours du roi de Navarre qu'il avait fait arrêter. Le prince de Galles, fils aîné d'Édouard, étant entré en France, ravagea l'Auvergne, le Limousin et le Poitou. Le roi Jean marcha contre lui, remporta quelques avantages, et refusa la paix que lui proposaient les Anglais. Ceux-ci, poussés à bout, se battirent en désespérés contre l'armée française, et quoique bien inférieurs en nombre, ils gagnèrent la fameuse bataille de Poitiers, dans laquelle Jean fut fait prisonnier et conduit en Angleterre, où il resta quatre ans jusqu'au traité de paix conclu à Bretigny en 1360. Il obtint enfin sa liberté au prix d'une foule de villes et de plusieurs provinces qui furent abandonnées aux Anglais; de plus il fallut leur payer trois millions d'écus d'or.

De retour dans ses états, après ce traité honteux, Jean eut encore l'imprudence de se laisser engager par le pape dans une croisade contre les Turcs. Il se préparait à cette expédition, lorsqu'un de ses fils, qu'il avait laissé en otage près du roi d'Angleterre, s'échappa de ce pays, sans vouloir y retourner.

Jean alla prendre en Angleterre la place de son fils, ou traiter de sa rançon. Il mourut à Londres, après un règne de quatorze ans.

CHARLES V, dit LE SAGE,

LIIe roi de France. (An 1364.)

Le titre de *Sage* que les historiens ont donné à ce roi, fils de Jean, auquel il succéda, va disparaître devant une critique impartiale et éclairée. Nous n'avons besoin que de citer les faits suivans :

1° En refusant d'exécuter le traité de Bretigny, signé par son père avec les Anglais.

2° En vengeant le meurtre de Blanche de Bourbon sur Pierre de Castille son époux et son assassin. Il ne se montra ni sage ni généreux, puisqu'il exigea de Henri de Castille, vainqueur, meurtrier et héritier de son frère Charles, qu'il reconnût devoir sa couronne au roi de France, et se tînt pour son vassal.

Ajoutons que l'illustre Bertrand Duguesclin, fait deux fois prisonnier dans ces hostilités, vit souiller sa gloire par des exploits inutiles, en défendant une mauvaise cause.

La ville de Montpellier était nouvellement réduite sous son obéissance. Les habitans accusaient avec raison les gens du roi de violer leurs droits et leurs priviléges. Le roi ne tenant point compte de leur accusation, ces habitans s'insurgèrent et se firent justice, en tuant quatre-vingts de ces officiers qui les tyrannisaient. Charles y envoie le duc de Berri avec une armée. Ce farouche envoyé du roi pousse son cheval au travers des habitans sans écouter leurs supplications ; il trouve les portes abandonnées, et toute la population agenouillée dans les rues, et criant : *miséricorde ! miséricorde !* Le duc, insensible à ce spectacle déchirant, fit dresser un échafaud sur la place, et prononça un arrêt par lequel, en vertu de l'autorité du roi, il déclara « que tous les priviléges leur étaient » ôtés, leur consulat, maison, arches com- » munes, leur université, leurs cloches, et » toutes juridictions de la cité ou *ès—cours* » *royales.* » Lui-même ajouta d'une voix tonnante que « six cents personnes choisies » parmi le peuple étaient condamnées à mou- » rir, savoir : deux cents décapitées, deux » cents pendues, deux cents brûlées, et leurs » enfans. déclarés infâmes, réduits à per- » pétuelle servitude ; de plus, que les con- » suls, aidés de certains conseillers de cours, » tireraient les corps des officiers du roi du » puits dans lequel on les avait jetés, et leur » donneraient la sépulture de leurs propres » mains ; qu'enfin une chapelle serait fondée » sur le terrain où ils reposeraient, et qu'on » y appellerait les fidèles à l'office avec la clo- » che ayant servi aux rebelles à sonner le » tocsin. »

Le monstre fit exécuter en sa présence les six cents victimes ; et Charles V, qui avait

commandé ces horreurs, fut surnommé le
SAGE. Bon Dieu! quelle sagesse! Ce roi mourut après un règne de seize ans.

CHARLES VI, dit LE BIEN-AIMÉ,

LIIIe roi de France. (An 1380.)

Charles VI succéda à son père à l'âge de
douze ans; il en régua treize avec sa raison,
devint fou en 1393, et vécut vingt-neuf ans
frénétique. Ce prince, guidé encore par son
bon sens, s'engagea dans une guerre de
Flandre qui lui réussit, mais dont il déshonora le succès par le massacre de sang-froid
de tous les gouverneurs des villes qui s'é-
taient rendus à ses armes. Il ajouta une barbarie à cette indignité, en réduisant en cendres Courtrai, parce que cette ville célébrait
tous les ans une défaite des Français, et
conservait cent paires d'éperons dorés qui
avaient été pris sur eux dans une bataille.
Paris, à l'exemple de Rouen et d'Orléans,
s'était soulevé contre les traitans et les officiers qui l'accablaient, au nom du roi, de
tailles et d'énormes impôts, auxquels se joi-
gnaient les exactions impies de la cour de
Rome. Le peuple pilla quelques maisons
dont la richesse insultait à la misère. Le roi
dissimula pendant à peu près une année, et
vint à Paris à la tête d'une armée. Le peuple
fut désarmé, et le monarque fit exécuter en

sa présence trois cents des plus notables habitans de la capitale.

Enfin, après ces exécutions formidables, il ordonna que tous les priviléges de la ville lui fussent ôtés; « que, pour compensation » du crime capital, tant les prisonniers que » tous autres coupables de la sédition, sur » l'information sur ce dignement faite, » paieraient la moitié de leurs biens. » Vol exécrable, fait avec l'appareil des lois! Ce brigandage royal produisit une somme énorme qui fut bientôt dissipée.

Enfin, dans la confusion la plus horrible, parmi les perfidies, les assassinats, les barbaries et les malheurs de la nation, Charles VI meurt après un règne de quarante-deux ans; et aussitôt un héraut crie : « Vive » le roi! Dieu donne bonne et longue vie à » Henri VI, par la grâce de Dieu, roi de » France et d'Angleterre, notre souverain sei- » gneur. » Ce Henri VI avait épousé Catherine de France, fille de Charles VI et d'Isabeau sa femme. Ce fut par l'entremise de cette indigne épouse qu'il le déclara son héritier légitime, et déshérita Charles VII, son fils unique.

CHARLES VII, dit LE VICTORIEUX,

LIVᵉ roi de France. (An 1422.)

Charles VII était âgé de vingt-un ans lorsqu'il succéda à son père Charles VI, à une

1.   5

époque où la France n'était qu'un théâtre de fureur, de malheurs et de ruines.

Comme dauphin du Viennois, ce prince s'était rendu coupable de participation à l'assassinat de Jean de Bourgogne. Cet homme fut sans doute un monstre; mais il fallait le vaincre, et non l'égorger par trahison.

Charles VII est encore un roi qui, dans toutes ses actions, n'a vu que son bonheur individuel. Lui est-il échappé, pendant son règne de 39 ans, un seul mot qui puisse faire croire qu'il ait pensé un seul instant aux calamités qui désolaient les campagnes? non, sans doute; sa conduite a toujours prouvé qu'il cherchait son plaisir, s'embarrassant fort peu du soin de gouverner sagement son peuple, et de s'opposer aux maux qui l'accablaient de toutes parts.

La condamnation du duc d'Alençon est une injustice, une ingratitude qui prouve que Charles VII, dans la prospérité, oublia et les services de ce prince malheureux et ses propres infortunes.

Ce monarque ayant vaincu, en Champagne, par ses généraux, un parti de mécontens, que les malheurs de ces temps déplorables avaient fait naître, pardonna à tous les soldats et aux capitaines, et fit périr Alexandre d'Orléans, fils naturel de Jean duc d'Orléans, pour avoir mal parlé de lui et de ses amours; il ne fut pas assez généreux pour oublier un ressentiment particulier.

Il laissa brûler Gilles de Retz, maréchal de France, accusé de sortilége, et beaucoup de ses domestiques, pour le même prétendu crime.

Et cette Pucelle d'Orléans, à l'enthousiasme de laquelle il devait la conquête de son royaume, comment se conduisit-il à son égard quand elle fut tombée au pouvoir du duc de Bedfort? Il laissa brûler l'héroïne par ces Anglais qui ne lui avaient point pardonné leur défaite et qui peut-être redoutaient encore son exemple et son bras. Il la laissa brûler, lorsqu'il eût suffi de signifier au roi d'Angleterre que, si Jeanne périssait, le même sort serait réservé à tous les généraux anglais tombés aux mains des Français. Pauvre bergère de Domremi ! Elle expia par le plus affreux supplice l'honneur d'avoir sauvé la patrie.

Charles VII ayant reconquis son royaume, grâce à ses généraux et à Jeanne d'Arc, ne les paya que par l'ingratitude la plus révoltante. Encore un trait propre à caractériser ce roi : Les Anglais avaient mis le siége devant Orléans ; Charles, qu'ils appelaient le *roi de Bourges*, donnait des fêtes à Tours, pendant que le bélier anglais renversait les remparts de la ville assiégée. C'est à cette occasion qu'un gentilhomme, consulté par ce prince sur un bal qu'il donnait, lui répondit : « Sire, » il faut convenir qu'on ne peut perdre un » royaume plus gaiement. »

Charles fut cruel dans les commencemens de sa vie ; plus doux, plus humain quand il fut malheureux ; hautain, ingrat dans ses succès ; lâche, voluptueux quand il fut maître du royaume ; dur, soupçonneux sur la fin de ses jours. Il meurt enfin, après un trop long règne. On l'avertit que son fils voulait l'empoisonner ; il aima mieux se laisser mourir de faim que de mourir par les cruautés du poison.

LOUIS XI,

LVe roi de France. (An 1461.)

Louis XI succéda à son père Charles VII, à l'âge de trente-huit ans. Ce monarque fut de tous les rois le plus fourbe, le plus superstitieux : il gouverna sans conseil, sans justice et sans raison. Mauvais fils, mauvais père, mauvais roi, son règne fut dur, sujet aux troubles et aux divisions. Il changea tout ce que son père avait fait, chargea le peuple d'impôts, et s'appliqua constamment à abaisser les grands, pour consolider la puissance royale. Dans ce dernier cas, c'est ce qu'il fit de bien.

Déroulons les crimes de ce tyran. S'il n'a pas empoisonné son père, il est affreux d'avoir mérité qu'il le craignît et l'en crût capable. Toujours est-il certain qu'il fut cause de sa mort malheureuse, et qu'il a mérité le nom de parricide.

Le premier acte du règne de ce sombre despote révèle son caractère fourbe et barbare: Les préposés des gabelles commettaient des exactions à Reims. Le peuple, justement irrité, se soulève et tue plusieurs de ces agens du fisc. Louis, informé de cette insurrection, au lieu de la réprimer ouvertement, envoie à Reims des soldats déguisés en marchands et en laboureurs. Ils se saisissent aussitôt de cent notables, et sans forme de procès les font périr sur l'échafaud.

La guerre appelée du *bien public*, dont le soulagement des peuples ne fut que le prétexte, et l'anéantissement de quelques seigneurs le motif, étant terminée par la paix de Conflans, tout devait être oublié: eh bien! ce Louis XI fait exécuter par la main du bourreau beaucoup d'habitans de Rouen qui avaient été entraînés dans cette guerre par le duc de Berri, son frère; et toutes ces exécutions se faisaient sans aucune instruction légale.

Par ce même traité de Conflans, le roi avait investi son frère de la Normandie; mais dès que les seigneurs, naguère ligués contre lui, furent désarmés, il s'empara de la plupart des places de cette province. Cette infraction allait rallumer la guerre, lorsque Louis se laissa engager dans une conférence à Péronne avec Charles-le-Téméraire, duc de Bourgogne. Le duc avait appris que Louis, toujours perfide, toujours dissimulé, promettait des secours aux Liégeois insurgés, tout en blâmant leur révolte contre Charles,

leur souverain, Quand la prétendue conférence fut ouverte, le Bourguignon dit au roi:
« Mon beau cousin, vous êtes mon prisonnier,
» et le resterez, parbleu ! jusqu'à ce que vous
» cédiez au duc de Berri, votre frère, la
» Champagne et la Brie, en échange de la
» Normandie, que vous lui avez frauduleu-
» sement reprise, etc. » Louis dut se résigner;
mais il ne put jamais pardonner à son frère
l'humiliation qu'il lui avait attirée dans
cette circonstance, et il le fit empoisonner.

Après le traité de Vervins, qui termina les
hostilités entre Louis XI et Charles de Bourgogne, ce dernier livra au roi le connétable
de Saint-Pol, que Louis prétendait être traître
envers lui, et que Charles livrait pour s'emparer de ses domaines. Cet infortuné fut dé-
capité sans procès. Un signe du monstre couronné fut l'arrêt de ce seigneur. Le farouche
Tristan, exécuteur des volontés sanguinaires
du despote, n'en demandait pas davantage.

Louis marche contre la ville de Lectoure,
dont s'était emparé le comte d'Armagnac,
dépossédé de ses terres. Le cardinal d'Arras,
commandant des troupes, fait au nom du roi
un arrangement, et, pour le mieux cimenter,
rompt une hostie, en prend la moitié, donne
l'autre au comte, et jure dessus que l'accord
sera observé. D'Armagnac ouvre les portes
de la ville, et reste tranquille dans son palais;
et cet indigne cardinal, ce barbare satellite
de Louis, fait aussitôt saisir et massacrer ce

seigneur trop confiant, et met la ville au pillage. C'est ainsi que les ministres du ciel entendent quelquefois la charité chrétienne et respectent la foi jurée. Ce crime n'était que le prélude d'un autre crime plus exécrable encore.

Louis XI tenait à la Bastille Jacques d'Armagnac, duc de Nemours, son cousin, comme ayant un été des principaux chefs de la guerre du bien public. Cet illustre prisonnier était renfermé dans une cage de fer trop petite pour qu'il pût s'y coucher. Ce monstre, couvert de fleurs de lis, déploya dans le supplice de son cousin un excès de barbarie dont les tyrans ne s'étaient pas encore avisés. Sachant combien le père aimait ses enfans et combien les enfans aimaient leur père : « Il faut , dit ce » cannibale couronné, que je ménage à tous » trois un doux épanchement. » Il fit placer ces enfans sous l'échafaud où leur malheureux père allait perdre la vie, couverts de longues robes blanches, sur lesquelles tomba tout le sang de leur père. Ils sortirent de cette scène horrible baignés de pleurs et tout inondés de ce sang qui leur était si cher.

Louis fait ensuite renfermer ces jeunes princes dans des cachots faits en forme de hottes pointues par le fond, afin qu'ils n'eussent aucun repos. On les en sortait deux fois par semaine pour être fustigés ; on leur arrachait de trois mois en trois mois une ou deux dents. L'aîné de ces malheureux devint fou ;

le plus jeune eut plus de courage ou plus de force, et soutint ces horreurs. On ne croirait pas à tant d'exécrables faits s'ils n'étaient consignés dans la requête qu'ils présentèrent aux États en 1483, après la mort du tyran. On a besoin d'un semblable témoignage pour croire à des horreurs qui excèdent tout ce qu'on peut attendre de la méchanceté humaine.

Louis XI fait brûler la petite ville de Condé, parce que, par sa situation entre Tournai et Valenciennes, elle pouvait nuire à ses affaires. Il corrompt les grands et les serviteurs par argent, par promesses; il fait deux crimes à la fois, corrupteur et voleur du bien d'autrui.

Lâche, dévot, il fait hommage à la Vierge Marie de la ville de Boulogne, qui obéissait à Bertrand de La Tour, et s'oblige de donner à la sainte madone un cœur d'or massif à chaque mutation.

Ce lâche hypocrite portait à son chapeau une petite bonne Vierge de plomb, à qui il demandait pardon des forfaits qu'il allait commettre. Plus de quatre mille personnes périrent par ses ordres par le fer du bourreau; on ne voyait autour des maisons royales, ou infernales, que des gibets, des roues, des échafauds. Il écrasa d'impôts le peuple plus qu'aucun de ses prédécesseurs.

Enfin le moment du châtiment de tant de forfaits est arrivé; l'homme qui pendant de longues années a fait ses délices du crime va commencer l'expiation. Voyons-le au Plessis-les-Tours, renfermé, solitaire, ne se montrant qu'avec terreur à peu de gens. Le soupçon, la méfiance, la crainte et les remords cuisans forment son cortége ; une porte qu'on ouvre l'effraye ; son ombre propre l'étonne ; la mort l'épouvante, sa conscience s'élève contre lui; quelle situation plus horrible ! La porte du château est bien gardée ; mais quelqu'un pourrait bien passer par dessus les murailles. Il les fait parsemer de broches de fer, crénelées à plusieurs pointes si épaisses qu'aucun homme ne soit tenté de passer outre. Il fait revêtir la porte du Plessis de gros barreaux, entourée de canons, quarante gardes dans les fossés, avec ordre de tirer, sans connaître, sur tout homme qui en approchera de nuit.

Malade et sentant sa fin approcher, il fait venir un pauvre ermite de Calabre pour lui rendre la santé; vains souhaits ! vaines supplications !... l'heure fatale va sonner... Louis mourant a fait réunir autour de lui toutes les reliques, tous les os en poudre dont il se couvrait lorsqu'il priait et assassinait. Malgré ces objets sacrés, Louis rend enfin son âme atroce au milieu des remords, des tourmens et des furies, dans la soixante-unième année de son âge, après un règne de vingt-deux ans. C'est le premier roi de France qui prit le titre de roi *très-chrétien*.

CHARLES VIII, dit L'AFFABLE,

LVIe roi de France. (An 1483.)

Charles VIII, fils de Louis XI et de Charlotte de Savoie, monta sur le trône à l'âge de quatorze ans environ, sous la régence de Anne de France, sa sœur aînée, épouse de Pierre de Bourbon, sire de Beaujeu.

Ce prince commença la série de ses injustices en faisant la guerre à François, duc de Bretagne, dont il désole, ruine le pays et lui cause la mort. Charles, toujours guidé par sa coupable ambition, poursuit avec acharnement la guerre qu'il a commencée. Anne, fille du prince défunt, demande la paix. Le roi consent à déposer les armes, sous la condition qu'Anne de Bretagne accepte sa main encore fumante du sang des Bretons. La princesse refuse avec horreur cet hymen. Le sang coule de nouveau; mais Anne, enfin vaincue et opprimée, se résigne, ou plutôt elle se dévoue; elle épouse Charles VIII en rompant un mariage déjà contracté par ambassadeur avec l'empereur Maximilien. Le monarque français, de son côté, s'était engagé précédemment à épouser Marguerite d'Autriche, fille de ce même Maximilien. L'empereur se voyait doublement outragé; ce qui attira à Charles une nouvelle guerre; mais Henri VII, usurpateur du trône d'Angleterre et allié de l'empereur, se rappela dans cette circonstance que, sans l'or et les hommes que lui avait fournis Charles, il n'eût pu consommer son usurpation, et la paix, au moyen de sa médiation, fut rétablie entre les deux souverains.

Charles tourne alors son ambition vers l'Italie : s'appuyant sur des droits usurpés dont les vêpres siciliennes avaient fait justice, il passe les Alpes avec une armée, et se dispose à reconquérir le royaume de Charles d'Anjou (le royaume de Naples), cédé par ses descendans à Louis XI. Le monarque français entre dans Rome, et force le pape Alexandre VI à lui donner l'investiture du royaume de Naples ; ensuite il se rend à Capoue, puis à Naples, et prend possession d'un trône qu'il ne pourra garder, au prix du sang français qu'il sacrifie pour cette usurpation. Enfin son armée battue et poursuivie repasse les Alpes, en rapportant de Naples cette affreuse maladie qui contrarie la nature et semble s'opposer au plus doux de ses vœux *. Anne de Bretagne, la belle des belles, ne fut pas, dit-on, à l'abri de ce virus contagieux ; son royal époux en imprégna ses charmes, secrètement convoités et possédés dès long-temps peut-être par le duc d'Orléans.

Charles VIII, jeune encore, trois ans

---

* Ce mal de Naples y avait été introduit par les Espagnols, et n'était point connu en France avant son retour.

après son retour, mourut au château d'Amboise, sans laisser ni regrets ni postérité. A ses derniers momens, ce prince fut laissé sur une misérable paillasse ; abandonné dans le lieu le plus sale du château, il y demeura neuf heures, sans que personne daignât s'occuper de lui. Les courtisans, auxquels il ne pouvait plus être bon à rien, l'avaient abandonné pour aller saluer son successeur. La mort s'emparait du coupable simulacre, et on ne craignait plus de renverser ses autels.

Avec Charles VIII finit la ligne directe des rois de France descendant de Philippe de Valois ; la couronne tomba en ligne collatérale dans la famille d'Orléans.

BRANCHE D'ORLÉANS.

LOUIS XII, dit LE PÈRE DU PEUPLE,

LVIIe roi de France. (An 1498.)

Louis XII fut placé sur le trône après la mort de Charles VIII, son prédécesseur. Décoré du beau surnom de père du peuple, le mérita-t-il ? Les faits parleront. Pour examiner sa vie avec impartialité, nous devons remonter jusqu'à la mort de Louis XI:

Charles VIII, héritier de la couronne, n'avait encore que treize ans; la régence du royaume fut donnée à Anne de France, sœur aînée du roi. Ce choix excite la jalousie du duc d'Orléans, depuis Louis XII, qui prétend que, étant premier prince du sang, la régence lui appartient; il lève aussitôt une armée, et, sujet rebelle, fait la guerre à son souverain. Battu et fait prisonnier à la journée de Saint-Aubin, le duc d'Orléans est conduit à Bourges, renfermé dans la tour de cette ville, et mis dans une cage de fer.

Parvenu au trône, Louis, auquel on ne peut refuser de la grandeur d'âme, fit en effet entendre ces belles paroles à Charles de La Trémouille, qui l'avait fait prisonnier à Saint-Aubin : « Le roi de France ne doit » point venger l'injure faite au duc d'Or- » léans. » Mais en accordant à ce prince les éloges qu'il mérite, ne nous laissons point étourdir par sa réputation.

Voyons d'abord les moyens qu'il employa pour répudier Jeanne, son épouse, troisième fille de Louis XI, après vingt-six ans de mariage. Il avait aimé Anne, veuve de Charles VIII. Après la mort de ce dernier, son amour se ralluma. Il rechercha l'amitié du pape Alexandre VI, pontife souillé de luxure, d'inceste et d'empoisonnemens, pour aplanir les difficultés qu'offrait ce divorce. Il envoie pour cela des ambassadeurs au pape, qui, n'aspirant à rien tant qu'à l'agrandissement

temporel de son fils César Borgia , alors cardinal , saisit volontiers cette occasion de
complaire au roi. Il fut convenu entre les
nouveaux amis que, pour prix de la rupture
du mariage de Louis et de Jeanne, il serait
compté à Alexandre une somme de 30,000 du-
cats; qu'aussitôt après la conquête de Milan,
alors méditée par le roi, les villes possédées
par les vicaires de la Romagne seraient
soumises au saint-siége ; et que César Borgia , fils du pape, obtiendrait une compagnie
de cent lances, 20,000 liv. de pension, une
femme à son gré, et Valence en Dauphiné,
avec le titre de duc. Un accord si honteux
déshonore à jamais la mémoire de Louis XII.

Voici comme on procéda à la cassation
d'un lien qui fit le malheur éternel de Jeanne
de France. On allégua quatre moyens de nullité contre le mariage de Louis :

1° La parenté au quatrième degré ;

2° L'affinité spirituelle qui naissait de ce
que Louis XII était filleul de Louis XI,
père de Jeanne ;

3° La violence dont on prétendait que
Louis XI avait usé pour forcer Louis XII à
ce mariage ;

4° Le défaut de consommation.

Les deux premiers moyens sont imperti-
nens; le troisième est détruit par le contrat
où il est dit que c'est à la prière de Marie de
Clèves , duchesse d'Orléans, que le roi a bien
voulu accorder madame Jeanne de France,

sa fille, à Louis, duc d'Orléans; quant au défaut de consommation de mariage, les avocats de Louis alléguèrent l'impuissance de Jeanne, et plusieurs autres raisons que la pudeur nous empêche de transcrire, et qui furent victorieusement réfutées par la reine Jeanne.

Quoi qu'il en soit, la rupture fut consommée, et Louis XII épousa Anne de Bretagne, qui, soit amour, soit ambition d'être la femme de deux rois, se prêta avec empressement à cette conclusion.

La guerre d'Italie entreprise par ce prince fit à la France une plaie profonde, par la vente que l'on fit à l'encan des offices royaux, dont on tira une somme énorme, qui s'engloutit dans cette guerre, aussi malheureuse, et peut-être aussi folle; aussi injuste que les croisades. Le sang que la conquête du Milanais coûta à la France, doit-on le regarder comme un faible sacrifice ?... Comment d'ailleurs le roi usa-t-il de la victoire ? En faisant renfermer Louis Sforce dans une cage de fer à Loches, en Touraine, où ce seigneur mourut au bout de dix ans.

La postérité reprochera avec justice et raison à Louis XII l'injuste guerre portée à Naples, pour maintenir l'usurpation de Charles d'Anjou; si malheureusement revendiquée sous le règne précédent. La faute du roi devint bien plus grave encore, lorsque, après avoir conquis Naples et la Sicile avec Ferdinand-le-

Catholique, il le combattit pour le partage d'un état qui légalement ne devait revenir ni à l'un ni à l'autre. En dernier résultat, ce furent des milliers d'hommes sacrifiés à une coupable ambition.

Louis songeait à reporter en Italie, dont il avait été chassé, une nouvelle offrande de sang, lorsque la mort le surprit en 1515, âgé de 53 ans, après un règne de dix-sept ans, laissant deux filles, Claude et Renée. Claude épousa François Ier, qui fut son successeur.

FRANÇOIS Ier, surnommé LE PÈRE DES LETTRES,

LVIIIe roi de France. (An 1515.)

Les premiers jours du règne de ce monarque sont marqués par cet accord simoniaque avec Léon X, appelé le concordat. Ce pape, débauché, scandaleux, accorde donne à François Ier la nomination des evêchés, abbayes, etc., qui se faisait auparavant par élections ; et, en revanche, celui-ci lui accorde à perpétuité la première année des revenus de tous les bénéfices du royaume, prétendu droit connu sous le nom d'*annates*.

Ce fut sous ce roi que les prélats, les ecclésiastiques commencèrent à traîner à la cour les richesses de leurs diocèses, à consumer des jours qu'ils devaient aux soins de leurs églises, dans le faste et les scandales dont il leur donnait l'exemple ; les gentilshommes

quittèrent leurs terres, se ruinèrent en habits, en festins, s'appauvrirent, devinrent
conséquemment dépendans des caprices, des
faveurs, des prodigalités de la cour, que paya
toujours le malheureux habitant des campagnes.

François fit un indigne trafic des charges
de magistrature; ce crime corrompit le juge,
qui doit être incorruptible, et ruina un grand
nombre de familles qui devinrent malheureuses. Tout homme avec de l'or, devint juge;
alors il fit un trafic honteux de ce qu'il avait
acheté. N'oublions pas que ce fut ce roi, si
vanté par des prosateurs et des poëtes aussi
vils que corrompus, que l'on décora du titre
de *restaurateur des lettres*, lui qui, le premier en France, alluma les torches du fanatisme qui a embrasé, dévoré ses villes presque désertes; arma la foi catholique de la déplorable intolérance qu'elle n'a cessé depuis
d'exercer contre les malheureux Luthériens.
On ne peut lire sans frémir et sans pleurer
les horreurs, les affreux supplices qui eurent
lieu dans tout le midi de la France: le parlement de Provence se signala par sa démence et sa fureur. Les bourreaux n'étaient
presque occupés qu'à brûler, qu'à déchirer
de pauvres misérables, qui n'étaient capables
que d'avoir prié Dieu dans une langue qu'ils
entendaient.

Que dire de ses injustices particulières?
du procès qu'il fit perdre au connétable de

6*

Bourbon? procès qui entraîna sa ruine: et pour qui? parce que, étant veuf, il rebuta les propositions de mariage que lui fit faire Louise, mère du roi. Injustice qui lui coûta cher, et dont les suites funestes furent supportées par le peuple.

Les rois, les tyrans ont toujours cru qu'ils pouvaient souiller impunément la couche nuptiale de leurs sujets: mais le mari de cette femme connue sous le nom de *la belle Féronnière* ne fut pas de cet avis-là; il aimait éperdument sa femme; le roi lui rendait des visites qui lui déplaisaient. Il avertit, il fait des remontrances qui ne sont point écoutées. Alors il médite, exécute sa vengeance; il va dans un lieu de prostitution, y gagne cette maladie épouvantable dont les remèdes n'étaient pas encore connus, la communique à sa femme qui la communique au roi. La femme meurt peu de mois après; le monarque dissolu traîna depuis une vie languissante, et malgré les secours de la médecine, il ne put jamais être guéri.

Qui pourra peindre le scandale de la vie privée de ce roi? Ici, c'est Jeanne de Poitiers qui obtient la grâce de son père, coupable d'un meurtre, en se prostituant à ce prince libertin; là, c'est Louise de Savoie qui fait obtenir par une courtisane la condamnation de Samblançay. La plume se refuse à tracer de pareilles horreurs.

Après avoir ruiné la France, après avoir

arrosé l'Italie de torrens du sang des Français , après enfin avoir été fait prisonnier à Pavie, voici ce qui fut conclu pour la
délivrance de ce monstre couronné : il fut arrêté , en attendant les dernières conditions,
que le roi « consignerait, six semaines après
» l'obtention de la liberté, le duché de Bour-
» gogne à l'empereur Charles-Quint, avec
» toutes les appartenances et dépendances,
» tant de ladite duché que comté, lesquelles,
» à l'avenir, seraient sequestrées de la sou-
» veraineté du royaume de France ; qu'il
» céderait à l'empereur tous ses droits sur les
» états de Naples , Milan , Gènes, Ast, quit-
» terait la souveraineté de Flandre, etc. »

En attendant que le traité définitif fût
conclu , les enfans du roi furent envoyés
comme otages à Madrid , d'où ils ne revin-
rent qu'après plusieurs années de captivité,
et lorsque François Ier eut signé l'engage-
ment des sacrifices suivans : « le contractant
» paierait pour la délivrance de ses deux fils,
» 2,000,000 d'écus d'or : savoir 1,200,000
» écus lorsque lesdits enfans seraient en
» France en liberté ; baillerait les terres que
» Marie de Luxembourg, mère du duc de
» Vendôme, avait en France, Artois, Bra-
» bant, Hainault; et celles que le duc de
» Montpensier, cousin-germain dudit duc ,
» possédait ès mêmes pays, pour 400,000 écus,
» rachetables en certains temps; et pour les
» autres 400,000 restans, acquitterait l'em-

» pereur de pareille somme envers le roi
» d'Angleterre, qu'il lui devait à cause de
» prêt ; et de 5oo,ooo en outre dont ledit em-
» pereur était aussi redevable envers l'An-
» glais ; et davantage qu'il dégagerait la
» fleur-de-lis d'or enrichie de pierreries, et
» un tronçon de la vraie croix que Philippe,
» père de l'empereur, avait engagé pour
» 5o,ooo écus; et qu'il annulerait le procès
» du duc de Bourbon, rendrait l'honneur
» au défunt et les biens à ses héritiers, et gé-
» néralement à tous autres qui, par le regard
» de la guerre, avaient été *spoliés*. »

Jamais vaincu ne subit peut-être d'aussi
humiliantes conséquences de sa défaite;
elles ruinèrent la France pour long-temps,
et le royaume se trouva rétréci de plusieurs
grandes provinces.

Après une seconde excursion en Italie,
dont l'unique résultat fut une longue effusion de sang, le roi fit la paix avec Charles-
Quint, dont il épousa la sœur, Éléonore
d'Autriche. Malgré ce mariage, la guerre
éclata pour la troisième fois entre ces ambitieux souverains. Cette fois, François Ier,
allié avec Soliman II, empereur des Turcs,
chassa Charles-Quint de la Provence. Une
trève de dix ans suivit ce succès ; mais elle
fut bientôt rompue ; la quatrième guerre
entre la France et l'empire fut terminée par
la victoire de Cérisoles, que gagna le duc

d'Enghien en 1544, et le traité de Crespy fut le dernier de ce règne meurtrier.

Peu de temps avant sa mort, ce roi accorde à l'odieux parlement de Provence, soulevé par des prêtres, des troupes pour appuyer l'exécution de dix-neuf personnes de Mérindol et de Cabrières. Ces bourreaux en firent égorger 6000, sans avoir égard ni au sexe, ni à la vieillesse, ni à l'enfance ; ils réduisirent trente bourgs en cendres. Ces peuples, jusqu'alors inconnus, ces malheureux Vaudois, n'avaient commis d'autres crimes que de prier Dieu en patois. Ils étaient établis depuis trois cents ans dans des déserts et sur des montagnes, qu'ils avaient rendues fertiles par un travail opiniâtre. Leur vie pastorale et tranquille retraçait l'innocence attribuée aux premiers âges du monde. Les villes voisines n'étaient connues d'eux que par le trafic des fruits qu'ils allaient y vendre. Ils ignoraient les procès et la guerre. Ils ne se défendaient pas ; on les égorgea comme des animaux fugitifs qu'on tue dans une enceinte.

Ce François Ier fut un hypocrite dissolu, simoniaque, sacrilége spoliateur des droits de l'Eglise ou, pour mieux dire, de la nation; corrupteur des prélats, des nobles, des juges; extravagant, perfide, infidèle dans ses promesses, barbare et cruel. C'est la main déloyale de ce prétendu chevalier, qui alluma les bûchers, dressa les gibets, les échafauds sur lesquels ont expiré pour des opinions re-

Iglesses, tant de malheureux qui n'avaient d'autres torts que d'adorer Dieu d'une façon différente de celle des catholiques romains.

Ce roi mourut au château de Rambouillet en 1547, âgé de cinquante-deux ans, après un règne trop long de trente-deux ans.

HENRI II,

LIX° roi de France. (An 1547.)

Henri II, fils de François 1er et de Claude de France, fille de Louis XII et d'Anne de Bretagne, succéda à son père à l'âge de vingt-neuf ans.

L'aveugle hérédité, en jetant sur le trône de France ce roi digne des siècles de barbarie, accabla la France d'une série de maux incalculable. Henri II ouvrit son règne atroce par des édits contre les jureurs et les blasphémateurs, c'est-à-dire contre ceux dont la juste indignation se révoltait des extorsions et des mœurs corrompues d'un clergé spoliateur et débauché.

Un des actes de ce despote fut encore d'ordonner les *jugemens de Dieu*, usage sanguinaire, sorti précédemment des antres du nord; absurde démence, usage ridicule et féroce que la ruine de la morale et des lois avait intronisé dans presque toute l'Europe. Ce roi autorise les duels, en ordonnant celui de Jarnac et de La Chataigneraie.

Dans la même année, les extorsions, les

vexations des commis des gabelles révoltèrent les habitans de Guienne, de Saintonge,
d'Angoumois et de Gascogne: ils s'arment
au nombre de quarante ou cinquante mille;
leur résistance à l'oppression était juste. Il y
eut des massacres sans doute, suite inévitable
de ces soulèvemens tumultueux contre des
vexations tyranniques. François de Lorraine,
duc d'Aumale, envoyé en Saintonge, agit
avec douceur, et la pacifia. Le connétable de
Montmorenci, envoyé dans la Guienne, agit
en vrai coupe-jarret d'un despote; il entra
dans Bordeaux, désarma le peuple, ôta,
brûla tous les titres, registres des droits et
franchises des habitans, fit briser les cloches,
et périr dans les supplices une multitude
d'habitans.

Non content de l'assassinat de ces insurgés,
Henri II voulut généraliser l'action des bourreaux en créant une chambre ardente
pour juger et condamner les luthériens du
royaume, tandis que ce monstre formait une
ligue avec les protestans d'Allemagne contre
le catholique Charles-Quint.

Pendant la cours de ces dispositions inco-
hérentes, la cour se divertissait de la torture
et des supplices horribles des malheureux
sectateurs de Luther. Montées sur des es-
trades ornées de draperies et de franges d'or,
les femmes impudiques de cette cour barbare
écoutaient les fadeurs des galans, ou se pré-
taient à leurs attouchemens licencieux, au

bruit que produisaient la chute meurtrière, le pétillement des bûchers et les cris déchirans des victimes.... « J'ai vu, dit un chroniqueur contemporain, dans son vieux langage que nous traduisons, j'ai vu les yeux » de la lubrique duchesse de Valentinois, » maîtresse de Henri II, voilée par le nuage » d'une volupté secrète, au moment où ceux » des condamnés se couvraient des ombres de » la mort.... »

Il se fit, en 1548, une procession générale à Notre-Dame, que Henri II suivit très-dévotement, et après laquelle on brûla à la Grève un nombre considérable de protestans. Voici l'excès de barbarie qu'on employait contre ces malheureux ; ils étaient attachés, par une chaîne de fer, à une poutre qui jouait en bascule; on les plongeait ainsi dans un brasier ardent, et cette machine infernale, se relevant, leur faisait éprouver, à plusieurs reprises, le plus horrible supplice. Les cris épouvantables d'un de ces infortunés frappèrent si violemment sur l'âme atroce du monstre couronné, que toute sa vie il en eut des souvenirs effrayans.

Cette épouvante, ces images affreuses qui venaient le troubler au milieu de sa cour licentieuse et cruelle, ne le corrigèrent pas. Pendant tout son règne, le sang jaillit sur toutes les places publiques ; partout on ne voyait que des bûchers, des supplices. La duchesse de Valentinois, concubine surannée de ce roi, profitant des confiscations faites sur des protestans, lui servait de furie pour réveiller à tout moment sa barbarie. Cette femme impudique, altérée de sang, affamée d'or, demandait leur mort comme le prix des criminelles faveurs qu'elle prodiguait au roi et à ses valets; et pas un réformé ne pensa à se défendre sous ce règne barbare et sanguinaire.

Nous ne parlerons point de ses guerres d'Allemagne et d'Italie, entreprises avec extravagance, et terminées sans aucun autre résultat que l'effusion du sang français: pour prouver que le sang du peuple n'était rien à ses yeux, les supplices horribles des Français réformés, égorgés par milliers dans les places publiques, devant ses yeux, le prouvent assez.

Ce prince méditait le meurtre d'Anne Dubourg, pour complément des fêtes auxquelles les noces de sa fille et de sa sœur avaient donné lieu, lorsque, ayant forcé Gabriel de Montgommery à rompre une lance avec lui dans un tournoi, il fut mortellement blessé par ce seigneur, qui devint ainsi fortuitement le vengeur de la nation. Il mourut onze jours après à Paris, âgé de quarante-un ans, après un règne de douze ans.

Il avait épousé, en 1533, Catherine de Médicis, qui lui donna cinq fils, dont trois lui survécurent et régnèrent après lui sous

I.   7

les noms de François II, Charles IX et Henri III.

FRANÇOIS II,

LXe roi de France. (An 1559.)

François II succéda à son père à l'âge d'environ seize ans, sous la tutelle de Catherine de Médicis, sa mère. Son règne, qui ne fut que de dix-sept mois, fit éclore tous les maux qui depuis désolèrent la France.

Catherine, cette Italienne qui n'était que perfide en arrivant à la cour de France, y fit son éducation de férocité, dont elle donna des exemples qui révoltent l'esprit et font saigner le cœur.

Les supplices de plus de mille prétendus hérétiques, celui du conseiller Anne Dubourg, sur la tête duquel s'était glacée la main du dernier tyran, armèrent les persécutés dont la secte s'était multipliée à la lueur des bûchers et sous le fer des bourreaux ; la rage succéda à la patience ; ils imitèrent les cruautés de leurs ennemis. Nous verrons neuf guerres civiles embraser la France ; le crime sera vengé par le crime. Une paix, plus funeste que la guerre, donnera le temps au fanatisme, à la discorde, à la barbarie, à la haine de s'unir par un pacte horrible, pour secouer leurs funestes flambeaux sur la France.

Le fougueux Maugiron entre dans Valence avec seize compagnies de vieilles troupes, inonde les rues de sang, saccage, massacre sans pitié, sans distinction de sexe ni d'âge, traite enfin les malheureux habitans comme ceux d'une ville prise d'assaut par le soldat le plus effréné et le plus barbare. Montélimart éprouve le même sort. Après avoir assassiné ces malheureux, on a encore l'impudeur de les calomnier.

La cour demande à grands cris l'inquisition ; le conseil privé l'accorde ; les parlemens l'autorisent : mais le chancelier de Lhôpital, seul homme de bien dans ce siècle corrompu, oppose sa mâle éloquence aux promoteurs de ce tribunal de sang.

Cependant le prince de Condé, condamné par les intrigues de Guise et de Catherine de Médicis, allait porter sa tête sur l'échafaud, quand la mort de François II fit différer la sienne. Cet événement amena la retraite de Marie Stuart, veuve du jeune roi, qui alla régner sur l'Écosse, dont la souveraineté lui était acquise.

CHARLES IX,

LXIe roi de France. (An 1560.)

Charles IX, frère de François II, fut aussi son successeur ; il n'avait que dix ans et demi quand il parvint à la couronne. Catherine de Médicis, sa mère, fut régente pendant sa minorité ; et Antoine de Bourbon, roi de Navarre, fut déclaré lieutenant-général du royaume.

A l'aspect de Charles IX, de cette terrible figure historique, on croit voir les furies secouer leurs torches infernales et faire siffler les serpens dont leurs têtes sont hérissées. Le règne de Charles IX ne dura que douze ans, et dans cette période si courte, ce tyran, voué aux insinuations de sa criminelle mère, égala les massacres commis sur des Français pendant les douze siècles précédens.

Les commencemens de ce règne, tant souillé de forfaits et d'horreurs, se passent en intrigues, en cabales; artifices, perfidies, assassinats, massacres particuliers et généraux des protestans de Paris, Senlis, Amiens, Abbeville, Meaux, Châlons, Troyes, Aurillac, Moulins, Bar-sur-Seine, Epernay, Sens, Auxerre, Montargis, Gien, Nevers, Corbigny, Issoudun, le Mans, Vendôme, Angers, Craon, Blois, Tours, Poitiers, Rouen, Valogne, Bordeaux, etc.; enfin ces horribles boucheries s'exercèrent d'un bout de la France à l'autre; et, à la honte éternelle de la magistrature, le parlement de Paris rendit un arrêt, en 1563, qui permit d'égorger les protestans partout où on les trouverait. En conséquence on massacra sans danger, sans pitié comme sans remords. Les hommes périssaient par le fer, par le feu; leurs femmes, leurs filles étaient violées, avant d'être pendues, noyées, massacrées; on leur ouvrait les entrailles, on en tirait les enfans à demi formés ; on en arrachait le cœur, et, par une férocité inouïe, les farouches catholiques les déchiraient avec leurs dents, les dévoraient ; enfin, on vit parens contre parens, les pères massacrer leurs fils, les frères teints du sang de leurs frères ; les moines, les prêtres égorgeant eux-mêmes ces victimes malheureuses.

Et comment eût-on épargné les huguenots ? l'arrêt de l'infâme parlement portait *de courir sus, au son du tocsin, à ceux qui seraient tant soit peu suspects de religion protestante.* Cet arrêt se publiait tous les dimanches dans les lieux du ressort du parlement. Il mit le poignard à la main de tous les vagabonds, fainéans, débauchés, enfin tous les brigands.

Le parlement de Toulouse se distingua aussi par son absurde fureur. Il commande qu'*on courre sus aux huguenots, avec l'aveu du pape, du roi et de la cour.* Alors le massacre fut horrible ; hommes, femmes, filles, enfans, vieillards, rien ne fut épargné. *Proh dolor !*

Charles IX, sa mère, son indigne conseil, voyant que les protestans renaissaient de leurs cendres, crurent pouvoir les exterminer d'un seul coup. Tout fut concerté avec un sang-froid qui fait frémir ; les piéges étaient préparés ; une paix avantageuse leur fut proposée de la part du roi. Coligny l'accepta. Charles donna sa sœur en mariage au

7*

jeune Henri de Navarre. Le mariage fut célébré avec beaucoup de pompe ; toute la cour
paraissait occupée de mascarades, de jeux, de
fêtes, de plaisirs. Enfin, la veille de la Saint-
Barthélemi arrive. Le roi, la reine-mère, les
ducs d'Anjou, de Nevers, de Retz et Ta-
vannes, tinrent le dernier conseil aux Tuileries, l'après-dîner, et le massacre général
des protestans fut irrévocablement résolu.
Le tocsin sonne à Saint-Germain-l'Auxerrois. Le signal du massacre fut donné le 24
du mois d'août 1572, à minuit, veille de la
Saint-Barthélemi, par l'horloge du Palais.
On frappe entre deux ou trois heures du matin
à la porte de l'amiral Coligny. Un des assassins
poignarde celui qui vient ouvrir, enfonce
les portes des appartemens. L'amiral, alarmé
du tumulte, saute de son lit. Besme, l'an-
cien domestique du duc de Guise, entre à
la tête de huit assassins, lui porte un coup
de poignard dans la poitrine, et lui donne
un coup de revers sur le visage ; un autre
assassin lui traverse le corps d'un coup de
pistolet. Guise, qui attendait dans la cour
sa victime, demande qu'on le jette par la
fenêtre ; on l'y précipite ; il tombe à ses
pieds, et, lui essuyant le visage avec un
mouchoir, *Je le cognois*, dit-il, *c'est voi-*
rement lui-même. Courage, compagnons !
nous avons heureusement commencé. Al-
lons aux autres ; le roi nous le com-
mande.

Un Italien lui tranche la tête, la porte au roi et à Médicis qui, l'ayant fait embaumer, l'envoyèrent au pape et au cardinal de Lorraine, pour gage certain de la mort de son ennemi. Le corps de l'amiral fut porté à Montfaucon, et pendu par les pieds, à un gibet, avec une chaîne de fer. Tous les amis de Coligny étaient attaqués dans Paris; hommes, femmes, enfans, vieillards, tout était égorgé. Les rues étaient jonchées de corps morts. Les prêtres, un crucifix d'une main et un poignard de l'autre, couraient à la tête des meurtriers, et les encourageaient, au nom de Dieu, à n'épargner ni parens ni amis. On n'entendait dans les rues qu'un horrible bruit d'armes, de chevaux, d'arquebuses, de cris lamentables de mourans, de voix d'hommes qui demandaient la vie et imploraient la miséricorde des assassins; toutes les maisons sont remplies de morts et de mourans; le sang coule le long des escaliers, il suinte à travers les planches; dans les rues, tous les ruisseaux le portent à la Seine..... La voie publique est obstruée partout de cadavres.

Le Louvre fut un des principaux théâtres du carnage. Le roi de Navarre habitoit ce palais: lui seul devait être épargné. Tous ses domestiques étaient huguenots; quelques-uns sont tués dans leur lit, entre les bras de leurs femmes; d'autres fuyant, tous nus, sont égorgés dans les corridors, sur les escaliers, et jusque dans l'antichambre du monstre qui ordonne ces massacres.

La jeune reine de Navarre, qui craint pour son époux, pour elle-même, saute avec horreur de la couche conjugale, et veut courir implorer la pitié du tigre couronné. Mais à peine la porte de sa chambre est ouverte que quelques-uns des domestiques de Henri courent se réfugier dans cet asile, qu'ils croient sacré. Vaine espérance ! Les assassins entrent après eux ; un de ces malheureux est tué dans le lit de la princesse, et le visage de la reine est inondé par le jet de sang qui s'élance des veines que vient de trancher un fer assassin.

Achevons ce lugubre récit par un trait presque incroyable. Un grand nombre de protestans, qui fuyaient du côté de la rivière, s'y précipitaient, et la traversaient à la nage pour gagner le faubourg Saint-Germain..... Eh bien ! Charles IX, sur un balcon que l'on peut voir encore, tirait avec une arquebuse sur les malheureux qui cherchaient à traverser les ondes pour se soustraire à la mort.

Catherine de Médicis, tranquille au milieu de son exécrable cour, au milieu de cette boucherie, regardait du haut d'un balcon ces assassinats, encourageait les meurtriers, et riait d'entendre les soupirs des mourans, et les cris de désespoir de ceux qu'on égorgeait si impitoyablement.

Trente mille âmes environ périrent à Paris

sous le fer des assassins ; un plus grand nombre fut égorgé dans les provinces par les ordres du tigre couronné.

Il nous répugne de tracer les nouvelles
horreurs qui suivirent la Saint-Barthélemy,
et les joies de cette cour féroce, au milieu
du carnage et du deuil général de la France.
Ce que nous avons rapporté suffit pour faire
connaître ce qu'on devait attendre d'un monstre tel que Charles IX, et d'une hyène telle
que Catherine de Médicis.

Ce roi succomba à Vincennes, deux ans
après la Saint-Barthélemy, bourrelé de remords, dans les douleurs affreuses d'une maladie dont on n'avait pas encore d'exemple.

HENRI III,

LXIIᵉ roi de France. (An 1574.)

Henri III, frère de Charles IX, lui succéda à l'âge de vingt-trois ans. Il était alors
en Pologne où il avait été élu roi. Il arriva en
France vers la fin de l'année 1574.

Monté sur le trône, il devint d'une intolérance aussi absurde que cruelle, et son
règne promit la continuation des sanglantes
proscriptions du précédent. Mais parlons des
vices hideux qui rendirent Henri III méprisable, avant que ces crimes l'eussent fait
abhorrer.

Ce roi était regardé comme incapable d'a-
voir des enfans, à cause des infirmités qui
étaient la suite des débauches de sa jeunesse.

Son inhabileté à remplir les vues légitimes de
la nature le jeta dans une dépravation de
mœurs révoltante. Tout le monde connaît ses
goûts pour ses mignons. Maugiron, Saint-Mai-
grin, d'Epernon, Joyeuse, Saint-Luc, Livarot,
Villequier, Duguast et surtout Caylus parta
gèrent ses indignes faveurs et ses débauches.
Henri brûla pour le dernier de ces courtisans
impurs d'une passion capable de tous les
excès; tous les autres étaient les concubinés
du roi; celui-là avait toute la prépondérance
d'une sultane favorite.

Henri mêlait aux excès les plus honteux la superstition. Il faisait avec les compagnons de sa dissolution des retraites, des
pélerinages, et se donnait la discipline.

Il eut à soutenir au commencement de son
règne une guerre contre les huguenots, et
lorsqu'il eut conclu la paix avec eux, en
1580, on vit se former dans l'état trois partis qui donnèrent lieu à la guerre dite des
trois Henris. En effet, les ligueurs étaient
conduits par Henri, duc de Guise; les huguenots obéissaient à Henri, roi de Navarre,
et les royalistes se rangeaient sous les drapeaux de Henri III. Ce dernier s'était fait
chef de la ligue qui l'accablait; mais Guise
en était l'âme et le roi méprisé. Il sortit trop
tard de sa mollesse et de sa léthargie. Il you-
lut s'assurer de quelques bourgeois de Paris,
Il osa défendre au duc d'entrer dans cette
ville. Guise, malgré ses ordres, y vint; on

s'y met sous les armes ; les gardes du roi furent arrêtés, et lui-même emprisonné au
Louvre.

Henri III s'échappe, s'enfuit à Blois où il
convoque les états-généraux. Guise le suit
dans cette ville, et l'y vient braver ; Henri et
lui s'y réconcilient solennellement. Dans
le même temps, ce roi lâche et perfide
forme le projet de l'assassiner, ainsi que son
frère le cardinal de Guise.

Le 23 décembre 1588, à huit heures du
matin, le duc de Guise entre au conseil ; en
ce moment le roi le fait appeler par un se-
crétaire d'état. Il entre dans la chambre de
Henri III, suit un petit corridor conduisant
à son cabinet, et va lever une tapisserie qui
en cache la porte..... Tout à coup huit assassins s'élancent sur lui, le frappent à coups
redoublés ; il tombe en poussant un profond
gémissement... « Bon, » dit ce tyran à l'infâme Lagnac, un des assassins, qui vint l'in-
former que le meurtre était consommé :
« maintenant il faut dépêcher le cardinal. »

Le lendemain, quatre soldats, moyennant cent écus chacun, assassinèrent le cardinal de Guise, qui occupait un appartement
sous celui de Catherine de Médicis.

Si Henri III eût eu assez de puissance pour
faire revêtir de la formalité des lois cet assassinat, la ligue en eût été épouvantée ; man-
quant de cette forme solennelle, il fut regardé
comme un meurtre exécrable, irrita les

Guise, fortifia la ligue, qui ne garda plus de mesure. Mayenne, cadet de feu le duc de Guise, se mit à la tête de ce parti dans lequel se rangea toute la population de Paris. Henri III se présenta d'abord pour entrer dans cette ville, en trouva les portes fermées et tous les habitans sous les armes. Prêtres, bourgeois, femmes, magistrats, tout se ligua fortement avec Mayenne, qui fut déclaré lieutenant-général de la couronne. Dans le même temps, les prêtres tonnèrent en chaire contre le roi, et assurèrent que celui qui tuerait le roi entrerait infailliblement en paradis.

Dans cette extrémité, Henri fut contraint d'avoir recours aux protestans qu'il avait combattus et qu'il haïssait. Il fit la paix avec le roi de Navarre leur chef, qui le dégagea, près de Tours, des mains du duc de Mayenne. Le succès tourna bientôt du côté des deux rois.

Henri III était à Saint-Cloud, préparant une tentative contre la capitale. Un jeune dominicain, nommé Jacques Clément, d'une piété austère, d'une humeur noire, fut fanatisé par des moines qui lui promettent, au nom du ciel, un rang parmi les dominations célestes, en lui disant : « Un peu de sang » versé est le seul tribut qu'on exige de vous » pour tant de gloire éternelle, et ce sang à » répandre est celui de Henri III, l'ennemi » de la sainte ligue, conséquemment l'enne- » mi de Dieu. »

Jacques Clément, d'après cette furibonde exhortation, muni d'un fort couteau, se rend à Saint-Cloud, parvient aisément auprès du roi, à l'aide de son froc, lui remet un écrit, et plonge son couteau dans le ventre de ce prince pendant qu'il le lit. L'arme est restée dans la blessure ; le roi l'arrache de sa blessure, et en frappe le meurtrier au dessus de l'œil. Plusieurs courtisans accourent au bruit, se jettent sur lui, le tuent sur-le-champ avec une précipitation qui les fit soupçonner d'avoir été instruits de son dessein criminel.

Ainsi mourut, le 1er août 1589, Henri III, le dernier des Valois, abhorré des protestans et des catholiques qu'il avait égorgés alternativement, et souillé de tous les vices qui avilissent l'humanité.

BRANCHE DES BOURBONS.

HENRI IV, dit LE GRAND,

LXIIIe roi de France. (An 1589.)

Henri IV était roi de Navarre, quand il succéda à Henri III, mort sans enfans. Ses droits à la couronne lui furent contestés parce qu'il n'était pas catholique.

I.   8

Les ligueurs opposèrent à ce monarque un fantôme de roi, le cardinal de Bourbon, prisonnier en Poitou, qu'ils appelèrent Charles X. Henri IV battit les ligueurs en plusieurs occasions ; mais, fatigué de la cruelle nécessité de faire continuellement la guerre à ses sujets, il résolut de la terminer en abjurant solennellement le calvinisme, et Paris lui ouvrit ses portes le 22 mars 1594.

Henri ne comptera point parmi les hommes sans défauts ; il eut des vices, il fut coupable de grandes faiblesses. L'amour le rendit plus d'une fois injuste. Son goût trop vif pour la chasse lui arracha cette ordonnance : « Le » paysan surpris autour d'une remise avec » un fusil, sera mené, fouetté autour du » buisson où il aura été trouvé jusqu'à effu-» sion de sang. » Mais nous devons ajouter que cette ordonnance rigoureuse ne fut jamais exécutée.

Un monstre furieux, imbécille, fanatique, exécuta ce que les autres n'avaient fait que tenter. Le 14 mai 1610, le nommé Ravaillac assassina le roi dans la rue de la Ferronnerie, où son carrosse se trouvait embarrassé. On dit, et peut-être avec raison, que Marie de Médicis, sa femme, et le duc d'Epernon avaient trempé dans le complot contre les jours de Henri IV. Ce prince périt dans la cinquante-septième année de son âge, après un règne de vingt-deux ans.

Le seul roi dont le peuple ait gardé la mémoire,

LOUIS XIII, dit LE JUSTE,

LXIVe roi de France. (An 1610.)

Louis XIII, fils de Henri IV et de Marie de Médicis, parvint à la couronne à l'âge de neuf ans, sous la régence de la reine sa mère.

Aussitôt après la mort de son père, Sully fut chassé ; le gouvernement fut abandonné successivement à trois principaux ministres, à l'intrigue de la reine-mère, des grands et des favoris. Ils remplirent les villes de troubles, de soulèvemens, de confusion, et le royaume fut partout malheureux.

L'éducation de Louis XIII fut, comme celle de tous les rois héréditaires, sans principes, sans morale, une vraie démence politique, propre à dégrader et à corrompre toutes les vertus que l'homme reçoit de la nature.

La chasse et la fauconnerie étaient les délices de Louis XIII. Ce roi avait une excellente mémoire ; il l'employait à retenir les noms de ses chiens, et toute sa sagacité était de leur parler et de se faire entendre d'eux.

Il renouvelle les édits contre les jureurs, les blasphémateurs. Le connétable de Luynes avait toute la confiance de ce prince ; mais le pouvoir reposait dans les mains de Concini, maréchal d'Ancre. Luynes se servit de son crédit auprès du roi pour exciter le monarque, déclaré majeur, contre la reine-mère et le maréchal d'Ancre et son épouse, assurant que les intrigues de Marie de Médicis révoltaient les grands et le peuple. Louis éloigne sa mère du conseil et l'exile à Blois. Quant au maréchal d'Ancre, il fut résolu entre cet indigne souverain et son favori qu'il serait égorgé le dimanche 23 avril 1617, au moment où il viendrait saluer le roi. Le lendemain il fut assassiné par Vitry, capitaine des gardes, accompagné de plusieurs sicaires.

Immédiatement après l'assassinat, le roi se montre sur le balcon; il remercie les meurtriers; il exprime sa reconnaissance à Vitri, comme s'il avait remporté la plus glorieuse victoire......

Galigaï, favorite de la reine et veuve du maréchal, fut stupidement accusée de sortilége, et, comme telle, condamnée à être brûlée en place de Grève le 8 juillet 1617.

Après la mort de ces deux personnages, la reine-mère avait obtenu la permission de se retirer à Moulins; et après bien des demandes inutiles, son fils consentit à la voir avant son départ. Comme ils se séparaient, elle se penche pour l'embrasser; et lui, pour l'éviter, lui faisant une révérence profonde, lui tourne le dos, couvrant sa dureté d'un ombre de respect.

Elle arrive à Blois: il l'y fait arrêter, et la retient prisonnière. Elle s'échappe du château dans lequel elle était gardée, par une fenêtre en risquant sa vie, et s'enfuit à Angoulême.

Ce fils dénaturé établit des commissaires pour lui faire son procès, à son frère et à tous ceux qui étaient attachés à leurs personnes, malgré l'opposition du parlement ; enfin ce n'a été envers elle qu'une dureté froide et farouche jusqu'à la mort de cette mère arrivée en 1642, à Cologne, où elle périt de faim.

C'est un chaos d'intrigues, de bassesses, de perfidies et d'atrocités dans cette cour où les favoris se succèdent, ruinent réciproquement leurs projets. Le poison et le fer n'étaient point épargnés. La religion, le scandale se mêlèrent aux crimes de ce temps. Le trésor public était épuisé par tous les favoris.

Ce tyran absurde et ignorant assiége Montrevel ; la ville se rend ; il accorde la vie aux officiers, et fait pendre les soldats. C'était, au contraire, les officiers qui devaient être pendus, et les soldats graciés. Voilà un des actes de ce despote, où l'aveuglement est réuni à la barbarie la plus stupide.

Les donjons, les maisons de force, les cachots, la Bastille étaient pleins d'hommes de tout rang, de tout état, immolés aux vengeances du roi et de Richelieu son ministre. Qu'on se ressouvienne que les ministres pervers font les crimes des rois.

8*

Ce monarque conserva jusqu'à ses derniers momens cette âme indifférente, froide et atroce. Cinq-Mars et de Thou mirent le comble aux lâches cruautés de son règne. Le calme impitoyable de ce Louis XIII, au moment du supplice de Cinq-Mars, de ce jeune homme qui lui avait été si cher, achève d'inspirer l'horreur et le mépris que les siècles doivent à jamais à sa mémoire ; il tirait sa montre par intervalles sur la terrasse de Saint-Germain, et il disait, en insultant à son malheur : *Il me semble que dans dix minutes, M. Legrand passera mal son temps.* On appelait Cinq-Mars *M. Legrand*, parce qu'il jouissait de la charge de grand-maître de la maison du roi.

Des historiens ont cherché à excuser ce prince des crimes de son règne, en en rejettant la faute sur ses ministres. Mais qui nomme ses ministres, si ce n'est le monarque ; et n'était-il pas en son pouvoir d'arrêter leurs méfaits ?

Malgré le nom et le titre fastueux de *Juste* que lui prodiguèrent ses courtisans, il mourut sans mémoire et sans laisser de regrets, le 14 mai 1643.

LOUIS XIV, dit LE GRAND,

LXVe roi de France. (An 1643.)

Louis XIV, né en 1638, n'avait pas encore cinq ans, lorsqu'il succéda à Louis XIII, son père, sous la régence de sa mère, Anne d'Autriche.

Nous passerons sous silence les malheurs qui désolèrent le royaume durant la minorité de ce prince. Son règne est à peine commencé qu'il est entaché d'une vile perfidie. Le surintendant des finances Fouquet avait de l'opulence : son libertinage effréné achetait chèrement les faiblesses de la beauté. Louis s'irrite des prodigalités de Fouquet ; il appelle ce ministre à Nantes, le fait saisir en sortant du conseil, où il lui avait souri affectueusement, et le fait conduire à Angers dans une voiture grillée. Après ce véritable guet-apens, ce prince compose un tribunal des ennemis du surintendant. Les juges prévenus le condamnèrent à une prison perpétuelle, pour des dilapidations qui furent le crime de Mazarin, plutôt que celui de ce financier.

En 1663, au mépris du traité des Pyrénées, Louis accorde sourdement des secours au Portugal contre Philippe IV ; dans le même temps, il évite de joindre ses vaisseaux à ceux de la Hollande contre l'Angleterre, quoiqu'il s'y soit engagé par l'accord de 1662 ; il vend à cette république les secours qu'il devait lui donner.

Après l'extinction des guerres civiles, ce despote, fier de sa première campagne, vient au parlement en grosses bottes, le fouet à la main, ordonne de se séparer, et défend à tous les membres d'oser demander une assemblée, pour faire quelques remontrances sur ses édits bursaux.

La baronne de Beauvais, mademoiselle d'Argencourt, la nièce de Mazarin, Marie Mancini, sa sœur, etc., furent les premières favorites, dont la série se termina à l'hypocrite Maintenon.

Il parut bien qu'il n'avait que la fierté et l'ignorance des monarques asiatiques, lorsque la célèbre Christine, reine de Suède, vint en France, après avoir abdiqué la couronne. Il ne sut que lui rendre de grands honneurs. Il ne lui parla presque pas, parce qu'il en était incapable. Il souffrit à Fontainebleau l'assassinat commis par cette reine inexcusable sur son écuyer Monaldeschi.

Lorsqu'on lui parlait de l'iniquité des lettres de cachet, l'atroce ignorant répondait : *On en a usé ainsi dans tous les temps.* Ce mot suffit pour caractériser le tyran qui disait : *L'État c'est moi.*

Nous n'entrerons point dans le détail de ses guerres aussi longues qu'injustes, la tâche étant trop étendue, ni de ce fameux passage du Rhin, tant célébré par les poètes. On rit *de la grandeur qui retenait Louis XIV au rivage.* Un jeune seigneur ivre fut l'unique victime de cette grande journée.

Les usurpations de ce monarque ne sont pas moins manifestes ; les provinces et les villes envahies à son profit sont un témoi-

gnage vivant que la justice et le droit des
gens lui étaient absolument étrangers, et
que sa seule volonté despotique était la règle immuable de sa conduite atroce.

L'incendie du Palatinat, que Turenne exécuta par ses ordres, fait frémir d'horreur et
bouleverse tous les sens. A de tels forfaits, il
n'y a pas d'excuses, et l'on doit maudire à
jamais l'être farouche et barbare qui a commis des crimes aussi exécrables.

Après le saccagement de la Hollande, de
l'Espagne, de l'Angleterre, de l'Allemagne,
de la Lorraine, l'épuisement de la Suède, etc.;
après la ruine de la France et de l'Europe ;
après vingt millions de morts sanglantes,
exécutées par ses ordres, l'Hôtel-de-Ville
de Paris lui décerne le nom de *Grand*, en
1680. Le nom de tigre lui aurait mieux
convenu.

Essaierons-nous de retracer les horreurs
qui précédèrent et suivirent la révocation de
l'édit de Nantes, en 1685; les affreuses dra-
gonnades pendant lesquelles toutes les femmes des protestans passèrent dans les bras
d'une soldatesque effrénée, teintes du sang
des pères, des mères, des frères de ces malheureuses créatures, souillées chacune du
sacrifice impur de vingt soldats? Peindrons-
nous les gibets où l'on pendait ces religionnaires par les cheveux, les brasiers où l'on
brûlait leurs pieds, les pinces rouges qui
servaient à tordre leurs chairs, le plomb que

l'on coulait sous leurs ongles ; la chasse qu'on leur faisait dans les bois, comme à des bêtes fauves ; l'hostie sanglante qu'ils étaient contraints de recevoir en expirant, et qu'ils rendaient aussitôt avec le dernier soupir... Dieu des miséricordes ! voilà l'effet de l'influence de la bigote Maintenon, qui alliait à l'hypocrisie la plus profonde la méchanceté la plus raffinée. Telle est l'exécution des ordres de *Louis-le-Grand.*

Ce pieux despote, souillant la couche nuptiale par l'adultère, avait des maîtresses en titre, auxquelles il prodiguait les richesses de l'état, accablant le peuple d'impôts, et le livrant à la cupidité des traitans.

Après des guerres sans cesse renaissantes, dont la nation n'avait pas tiré le moindre avantage, ses malheurs étaient intolérables : plus d'hommes, plus d'argent, plus de commerce ; tout avait disparu, tout avait été dissipé par les profusions de la cour. Tandis que des larmes amères coulaient de tous les yeux dans les villes, dans les campagnes, les spectacles, les fêtes, les jeux se succédaient à Versailles; le plus *généreux* des rois donnait aux Montespan, aux Fontange, aux courtisans, aux flatteurs, des millions arrachés à la misère du peuple.

En 1700, s'ouvrit une nouvelle source de calamités, qui ne se ferma plus qu'à la fin de ce règne désastreux, et quand la ruine de la France fut consommée. Nous ne relaterons point les catastrophes et les malheurs qui accablèrent ce malheureux royaume, et le spectacle humiliant du plus fier des despotes demandant humblement la paix, après avoir bravé si long-temps l'Europe avec autant d'audace que d'insolence.

La vieille favorite, la Maintenon, devenue presque reine de France, au mépris de toutes les bienséances, avait éloigné des armées le seul homme capable de relever les affaires du roi; Villars avait été abreuvé d'amertume; il s'en vengea en sauvant la patrie à Denain, mais il ne put reconquérir l'estime de la nation, que Louis avait dès long-temps perdue. Le ciel même s'était plu à venger sur ce tyran, parvenu au bord de la tombe, tout le mal commandé par lui pendant plus d'un demi-siècle : son fils, son petit-fils, l'un de ses arrière-petits-fils, avaient péri d'une mort inexpliquée, en moins de deux années....

Qui pardonnera à ce despote la funeste, la sanglante importance donnée aux querelles des jansénistes et des molinistes; la proscription des sectateurs de la folle Guyon, l'approbation donnée aux fureurs du farouche Letellier, et les innombrables lettres de cachet tombées à profusion de ses mains, au premier caprice d'une concubine, d'un confesseur ou d'un favori.

Enfin ce vieux persécuteur, ce bigot sanguinaire, mourut comme Louis XI, couvert de reliques, le premier septembre 1715. Il laissa à sa mort quatre milliards cinq cent millions de dettes. Il dépensa pendant son règne à jamais funeste environ vingt milliards ; et encore avait-il fait banqueroute, en réduisant les rentes dont il avait grevé l'état.

Il fut barbare sans pitié, dissolu, fanatique jusqu'à la frénésie, infidèle, perfide dans ses traités, lâche suborneur, coupable époux, mauvais frère, père insensible, égoïste impitoyable, despote insolent, persécuteur assassin ; il a commis assez de crimes pour en composer vingt tyrans.

LOUIS XV, *dit* LE BIEN-AIMÉ,

LXVIe roi de France. (An 1715.)

Louis XV, troisième fils de Louis, duc de Bourgogne, et arrière-petit-fils de Louis XIV, monta sur le trône à l'âge de cinq ans. Le duc d'Orléans, premier prince du sang, gouverna en qualité de régent jusqu'à la majorité du roi.

Les dettes de l'Etat étaient considérables, et le régent crut y remédier en adoptant le système d'un nommé Law, dont le résultat fut la ruine d'un grand nombre de familles sans aucun bien pour le royaume.

La nation, écrasée sous Louis XIV, avait brillé près de cinquante années aux yeux de l'Europe, d'un éclat imposteur et sanglant à la vérité, à la lueur des hameaux, des villes en cendres ; mais Louis XV acheva sa ruine et l'avilit, ou plutôt il se déshonora pendant quarante ans devant les étrangers, comme aux yeux des Français ; sa honte a rempli l'univers.

La majorité du roi mit fin à la régence. Le duc d'Orléans prit le titre de premier minitre, et mourut bientôt après, en 1723. Le duc de Bourbon-Condé lui succéda, et fut immédiatement supplanté par le cardinal de Fleury, âgé de soixante-treize ans. Celui-ci avait été précepteur du monarque, auquel il inspira une partie de son caractère ambitieux, dissimulé, ignorant et jaloux de tout mérite. Ce prélat avait pour toute connaissance en morale, en politique, cette maxime basse, infernale, cette maxime qui a fait commettre tant de lâches atrocités : *qui ne sait dissimuler ne sait pas régner.*

Louis, à peine majeur, donna une preuve qu'il avait profité de cet axiôme des tyrans faibles et barbares. Il invite le duc de Bourbon, le 11 juin 1726, à venir coucher à sa maison de campagne de Rambouillet, et étant parti, disait-il, pour l'attendre, il le fit arrêter et conduire en exil.

Cet acte despotique, cet acte d'une basse dissimulation, annonçait les cent mille lettres de cachet qu'il lança pendant son règne contre la nation.

Louis XV, dès 1734, recommence à livrer la France aux horreurs de la guerre. On le voit pour Stanislas Leczinski, son beau-père, compromettre la sûreté, le repos et la vie de milliers de Français, dans une guerre cruelle, longue et sanglante avec l'empire. C'était le czar Pierre qui était la première et la principale cause des malheurs de Stanislas, et non point l'empereur Charles VI. Ce dernier meurt, et Louis s'unit, contre tous les droits des nations, à Frédéric II, roi de Prusse, contre Marie Thérèse, fille aînée de l'empereur Charles; union perfide, qui soutenait le vol à main armée, de la Silésie, faite à l'héritière de la maison d'Autriche.

La guerre dite de la *Succession d'Autriche*, et celles qui en découlèrent, ne prirent fin qu'après huit ans de combats acharnés.

Toutes les guerres entreprises par Louis XV, malgré de grands succès, ne contribuèrent en aucune manière à procurer le repos à la France. On répandit beaucoup de sang, pour soutenir des prétentions ridicules ou mal fondées. Enfin la paix fut signée en 1763; ce monarque rendit tout ce qu'il avait conquis; on ne lui restitua rien ou presque rien, et l'inscription injurieuse sur la colonne élevée dans la plaine de Rosbach, au mépris des réclamations de nos ambassadeurs, fut l'unique compensation de tant de sacrifices, de tant de sang répandu.

Ce prince, pour accroître les maux du peuple, augmenta de vingt le nombre des

fermiers généraux, c'est-à-dire des sangsues
de la nation ; il se fit le chef d'une compagnie de monopoleurs de grains, dont le funeste trafic réduisit la France à la plus affreuse
famine.

On n'oubliera point que, après avoir tyran-
nisé les parlemens pendant toute la durée de
son règne, il les cassa tous d'un seul coup,
en 1771, à la sollicitation de Maupeou, ap-
puyé de la fameuse Dubarry.

On conçoit la stupide indifférence d'un monarque qui, pendant que le fer ennemi moissonnait au loin nos soldats, signait des édits sur
les ottomanes moelleuses de Choisy, entre les
bras des Châteauroux, des Pompadour, des
Dubarry * ; d'un monarque qu'on vit jouer
avec ses courtisans ou ses favorites à qui,
par l'autorité des rasades, tomberait le plus
tard ivre mort, sous la table des petits appartemens, à l'exemple de nos bons amis les
Anglais ; d'un monarque qu'on a surpris, le
bonnet de coton en tête, fricassant des pou-
lets pour ses pages, ou glaçant des marrons
pour ses concubines ; d'un monarque enfin
assez sacrilége dans ses débauches, pour faire
réciter le *Pater*, l'*Ave* et le *Confiteor* à ses
odalisques du Parc-aux-Cerfs, au moment

---

* Frédéric II, roi de Prusse, désignait ces maîtresses du monarque par *Cotillon Iᵉʳ*, *Cotillon II*,
Cotillon III, lesquels trois Cotillons gouvernèrent successivement la France sous Louis XV, pour la ruine
de l'état et le malheur du peuple.

de se glisser avec elles entre deux draps de satin.

Le despotisme de quarante années du règne de ce monarque fut une longue averse de lettres de cachet. La moindre courtisane, la moindre danseuse entretenue par un premier commis, en avait des rames à sa disposition. Vincennes, la Bastille regorgeaient de malheureux dont l'unique crime était la publication d'une épigramme, d'un acrostiche, ou d'une chanson contre une prostituée en faveur.

Et voilà l'homme que les courtisans et les flatteurs ont décoré du titre de *Bien-Aimé*. C'est bien le cas de s'écrier avec Voltaire :

O sagesse des dieux ! je te crois très-profonde :
Mais à quels plats tyrans as-tu livré le monde ?

Louis XV mourut le 27 avril 1774 , d'un excès de débauche avec la fille d'un concierge de Versailles , qui le gratifia d'une maladie honteuse. Son corps fut porté à Saint-Denis, chargé de l'exécration du peuple.

LOUIS XVI, *dit* LE RESTAURATEUR DE LA LIBERTÉ,

LXVIIe roi de France. (An 1774.)

Louis XVI, qui monta sur le trône à la mort de Louis XV, était fils de Louis, dauphin de France, mort en 1765.

Ce prince, dit un publiciste, fut élevé, comme ses prédécesseurs, dans l'oubli de

tous les droits des peuples ; on ne lui apprit
qu'à les opprimer, à les compter comme un
vil troupeau, à les faire égorger au gré d'une
politique ou capricieuse, ou stupide, ou
ignorante. Il sortit donc de l'enfance bouffi
d'orgueil, rempli de préjugés, et complète-
ment étranger à tout savoir utile. Il entra
dans la carrière souveraine, persuadé que le
pouvoir absolu des rois est un droit de source
divine, qu'aucune puissance, qu'aucune considération terrestre ne peuvent altérer, et que
régner suivant son bon plaisir, est la mission
de toute tête couronnée, parce que Dieu, au
dire des prêtres, le veut ainsi.

A son avénement au trône, les finances
étaient dans un état déplorable. Un brigand,
mis à la tête, était réduit à de misérables expédiens qui ruinaient de plus en plus le Trésor public ; d'un autre côté, toutes les sangsues de l'intérieur du palais, des anticham-
bres et de *l'œil-de-bœuf*, profitant de ses
prodigalités, achevaient de l'épuiser.

Enfin, pour combler un *déficit* énorme, pour
remplir le *tonneau des Danaïdes*, on propose le fameux édit du timbre. Fort de l'exemple de ses deux prédécesseurs qui avaient
obtenu, le fouet de poste à la main, l'enregis-
trement des édits, Louis s'inquiéta peu de
la noble résistance qu'opposa le parlement.
Un de ces *lits de justice* qui eussent été appelés avec plus de raison *lits d'arbitraires*,
fut convoqué, et le roi ordonna de *son plein*

9*

pouvoir et autorité royale, que dans l'instant l'édit du timbre fût enregistré.

Dans un lit de justice, Louis-Philippe d'Orléans, après la brusque injonction du roi, avait demandé si cette assemblée solennelle était un *lit de justice* ou une *séance royale*. Deux membres du parlement s'étaient également élevés avec énergie contre l'impôt du timbre. Le lendemain, le prince du sang est exilé, et les deux conseillers, enlevés de vive force au milieu de leurs confrères, par la violation impie du sanctuaire des lois, sont jetés dans une prison d'État.

Cependant l'embarras des finances était devenu extrême; tous les rouages de l'administration allaient s'arrêter. Réduit à la dernière extrémité, Calonne, habile spoliateur, propose à Louis XVI, la convocation des états-généraux.

Lorsque la réunion des notables de la nation fut en présence du trône, le despotisme, mal inspiré, plus mal conseillé, voulut persister dans les voies de l'arbitraire. Les états-généraux lui opposèrent une barrière plus forte. Alors les députés de la France se déclarèrent assemblée nationale. Louis XVI, ne voulant accéder à aucune concession, fut entraîné par la fatalité.

Dès les premiers jours de 1789, Louis ose envoyer, par un valet, l'ordre d'évacuer l'enceinte où délibère l'élite de la nation.

Le 23 du même mois, il vient lui-même,

entouré de tout l'oripeau du trône, siéger sans
y être appelé, au milieu de ceux de qui dé-
sormais il tient le pouvoir, et ne craint pas
de faire entendre ces mots devenus étrangers :
J'ordonne, *le roi veut*. En parlant ainsi, le
roi comptait sur le concours de la force, qui
était prête à se déployer sur la capitale. Un
souffle du peuple irrité suffit pour anéantir,
le 14 juillet, tout l'appareil martial.

Louis XVI prit alors le seul parti qui lui
restait à prendre; il se jeta dans les bras de la
nation ; il reçut le titre de *restaurateur de*
la liberté...... Heureux s'il se fût inscrit dans
son cœur ; mais il n'en était rien ; ce n'é-
tait qu'une précaution pour mieux tromper.

La déclaration des droits de l'homme et
du citoyen venait d'être décrétée. Ce prince
refuse de l'accepter ; il refuse de sanctionner
des droits imprescriptibles. Qui se laissera
abuser par le prétendu patriotisme de ce
restaurateur de la liberté, quand on le voit
assister à cette fameuse orgie des gardes-du-
corps, au milieu de laquelle d'affreux blas-
phèmes furent proférés contre la nation, en
foulant aux pieds ses couleurs sacrées, en y
substituant la cocarde blanche, autrement la
cocarde du despotisme? Le roi vit, entendit,
autorisa par sa présence tous ces scandales;
il se rallia au toast porté au succès de la
contre-révolution.

Le 21 juin 1791, Louis XVI, poussé par
un destin fatal, se détermine à fuir à Mont-

médy, avec la reine, ses enfans, et sa sœur madame Elisabeth, pour aller rejoindre les émigrés ; laissant un mémoire mensonger qui instruisait l'Assemblée nationale des prétendus motifs de son évasion; mais, arrêté à Varennes, il fut ramené à Paris, où la Constitution lui fut présentée le 3 septembre ; il l'accepta le 14.

Le roi n'étant pas de bonne foi, après l'acceptation de la Constitution, le peuple s'insurgea le 10 août 1792. L'Assemblée législative *suspendit le roi de ses fonctions*, et fit enfermer la famille royale dans la tour du Temple.

La Convention, qui succéda à l'Assemblée législative, commença ses travaux le 21 septembre de la même année, et décréta que Louis XVI serait jugé par elle; en conséquence elle dressa son acte d'accusation, instruisit son procès, et le condamna à mort le 18 janvier 1793 ; il ne fut exécuté que le 21. Il était âgé de trente-neuf ans, après en avoir régné dix-neuf.

Le roi et la cour avaient été en conspiration continuelle contre le peuple. Une princesse, de laquelle l'impératrice Marie-Thérèse atait dit : «Je me venge de la France en la lui donnant,» Marie-Antoinette d'Autriche était l'âme de cette conspiration, et des menées ténébreuses qui conduisirent Louis XVI à l'échafaud.

Le dauphin, second fils de Louis XVI, né

à Versailles, en 1785, fut d'abord duc de Normandie, et devint dauphin par la mort de son frère. Enfermé avec sa famille dans la tour du Temple, il y mourut le 8 juin 1795, à l'âge de dix ans.

La France convertie en république, eut la guerre à soutenir sur mer et sur terre contre la plus grande partie des puissances de l'Europe. Pendant ce temps, elle était déchirée dans l'intérieur par diverses factions. Ce désordre dura jusqu'au mois de juillet 1794, époque de la mort de Robespierre.

Pendant ses dissensions intérieures, la France triomphait de ses ennemis au dehors. Un grand nombre de victoires signalées rendirent le nom français redoutable à tous les peuples de l'Europe, et ces derniers temps furent les témoins des plus hauts faits d'armes qui aient illustré les nations guerrières.

Le gouvernement *Directorial* succéda à la Convention, en 1795; deux Conseils composaient le corps législatif, et le pouvoir exécutif était composé de cinq magistrats suprêmes, appelés Directoire. Cette forme de gouvernement fut remplacé par le gouvernement consulaire en 1800. Le général Bonaparte, célèbre par une foule de victoires capables d'effacer les plus beaux triomphes des Grecs et des Romains, fut nommé, à son retour d'Egypte, premier consul, entre trois qui composaient la suprême autorité.

Sous ce gouvernement l'ordre commença

à renaître; les factions furent calmées, la religion catholique fut rétablie, les tribunaux reprirent leur splendeur, les lois leur autorité; les arts, les sciences, les lettres, leur éclat. Le premier consul fut revêtu de la dignité impériale en 1804, et prit le nom de Napoléon.

L'empire dura jusqu'en 1814, où les armées des puissances étrangères entrèrent en France, et mirent fin au règne de Napoléon.

LOUIS XVIII, dit LE DÉSIRÉ,
LXVIIIᵉ roi de France. (An 1814)

Louis XVIII, fils de Louis, dauphin de France, et frère de Louis XVI, commença à régner au mois de mai 1814, et non pas en 1795, comme ce monarque, par une ineptie digne des Bourbons, prétendait le faire accroire, quoiqu'il fût en Angleterre où il était pour ainsi dire exilé par le fait de la révolution.

Ce prince, n'étant encore que comte de Provence, aspirait au trône de France; sa conduite et ses démarches, au commencement de la révolution, ne tendaient qu'à culbuter son frère pour se mettre à sa place. On voit, dès le ministère de Calonne, ce prince chercher à se populariser aux dépens de Louis XVI, en se déclarant contraire à ce ministre.

Vers la fin de 1789, Monsieur fut accusé assez hautement de nourrir le projet d'ex-

ploiter sa popularité eu se faisant d'abord
déclarer régent du royaume, ensuite roi
par la déposition de son frère et sa réclusion
dans la citadelle de Metz. On fut convaincu
que ce prince avait soudoyé à cet effet un
marquis de Favras récemment arrêté, et
dont le Châtelet instruisait le procès.

Cette inculpation parut assez grave à Monsieur pour le porter à donner le change à
l'opinion publique, et à se disculper vis-à-
vis d'elle, en se rendant à l'Hôtel-de-Ville,
le 25 décembre, où il protesta, en présence
de tous les magistrats de Paris, contre les
bruits peu favorables qui circulaient sur ses
noirs projets. Il ne put néanmoins justifier
en aucune manière un emprunt qu'il avait
chargé de négocier, et qui dépassait de beaucoup tous les besoins probables de sa maison.
D'ailleurs, plusieurs dépositions faites au
Châtelet, présentèrent Favras comme conspirateur plutôt que comme négociateur d'emprunt.

Au moment où cet agent fut condamné à
la peine capitale *, il publia un mémoire
dans lequel on lisait le passage suivant :

« Une main invisible, je n'en doute pas,
» se joint à mes accusateurs pour me pour-
» suivre ; mais qu'importe ? celui qu'on m'a
» nommé, mon œil le suit partout ; il est
» mon accusateur, et je ne m'attends pas à

* Le 19 février 1790.

» un remords de sa part..... Un Dieu ven-
» geur prendra ma défense, je l'espère du
» moins, car jamais des crimes comme les
» siens ne sont restés impunis.... »

Ce condamné, qu'on se hâta de mener à
la potence, sans lui donner le temps de parler à personne, qui prétendait-il désigner
ici? Quel était le *grand personnage* men-
tionné dans son testament. La lettre suivante
jettera quelque lumière sur ce sujet mystérieux; elle était écrite par *Monsieur* au
marquis de Favras, en date du 1er novembre 1789.

« Je ne sais, Monsieur, à quoi vous em-
» ployez votre temps et l'argent que je vous
» envoie. Le mal empire, et l'Assemblée dé-
» tache tous les jours quelque chose du pou-
» voir royal. Que restera-t-il si vous diffé-
» rez? Je vous l'ai dit et écrit souvent: ce
» n'est point avec des libelles, des tribunes
» payées, quelques malheureux groupes sou-
» doyés que l'on parviendra à écarter Bailly
» et Lafayette. Ils ont excité l'insurrection
» parmi le peuple, il faut qu'une insurrec-
» tion les corrige à ne plus y revenir. Ce plan
» a en outre l'avantage d'intimider la nou-
» velle cour et de décider l'enlèvement du....
» *Une fois à Metz ou à Péronne, il faudra*
» *bien qu'il se résigne....* Tout ce qu'on veut
» est pour son bien; *puisqu'il aime la na-*
» *tion, il sera enchanté de la voir bien*
» *gouvernée.....* Renvoyez au bas de cette

» lettre un récépissé de 200,000 francs. »

Il n'y a plus de doute, d'après cette lettre, du *personnage* qui conduisit Favras à la potence.

Monsieur, poursuivant toujours ses projets ambitieux, attisait sans cesse en France les brandons de la guerre civile, en armant contre la patrie les magistrats appelés à la gouverner, les généraux chargés de la défendre, et en se servant, pour soudoyer des traîtres, de l'or de l'Angleterre et de Bonaparte. On le voit entraîner tour à tour dans de funestes brigues Barras, Pichegru et les conjurés du 3 nivôse.

Après sa rentrée en France, il conserve la pension de Tallien, de Panis et de la sœur de Robespierre, de ce Robespierre avec lequel il était en correspondance suivie; il accorde des grâces à un fournisseur qui lui déclare avoir trahi l'armée française pendant la guerre de 1809.

Ajoutons un trait au tableau rapide que nous venons de tracer. En 1814, le même prince de Talleyrand qui négocie en ce moment (1831) à Londres, au nom de Louis-Philippe Ier, roi des Français, ouvrit à Louis XVIII les routes de la France, à travers des monceaux de cadavres. Ce prince entra dans notre capitale, en croupe derrière un Cosaque, le sourire sur les lèvres et au bruit des canons étrangers qui le précédaient. Ce chef des Bourbons de la branche

aînée vint, sa Charte à la main, nous pro-
mettre une sollicitude qui n'était pas dans
son cœur.

On vit alors renaître, sous les auspices de
cet homme faux et dangereux, toutes les prétentions d'une noblesse surannée. On parla
des priviléges de la naissance, du retour des
droits féodaux, de la restitution des pro-
priétés nationales. Le banc seigneurial fut
rétabli dans les villages; l'encens fuma pour
des héros de l'*œil-de-bœuf*, qui, pendant dix
ans, avaient essuyé la poussière des anti-
chambres de Napoléon. Vingt-quatre mille
officiers de la grande armée avaient été éloi-
gnés des drapeaux; on avait brisé dans leurs
mains l'épée illustre de Marengo, des Pyra-
mides, d'Austerlitz, d'Iéna, de Wagram,
de la Moscowa, de Lutzen et d'une infinité
d'autres combats, où le courage français s'é-
tait montré dans tout son éclat... Les campagnes, les cicatrices de ces braves étaient
devenues des titres de proscription, tandis
que l'on donnait à de prétendus défenseurs
du trône aussi présomptueux qu'ignorans et
mal habiles, toutes les distinctions dont ils
étaient tout-à-fait indignes. En un mot, tous
les intérêts de trente-deux millions de Français furent remis en question, pour satisfaire aux exigences de quelques centaines
d'individus, qui n'avaient d'autres droits aux
faveurs du monarque, que des services dans
les rangs de nos ennemis.

Les Français supportaient avec indignation un joug auquel il n'étaient pas accoutumés; ce cri d'indignation retentit dans
toute la France ; Bonaparte l'entendit de
l'île d'Elbe ; il accourt aussitôt reconquérir
la France, sans armée, sans argent et presque sans parti. Cette fois encore, l'enthousiasme l'accueillit « Son aigle vola sans
» obstacle du golfe Juan aux tours Notre-
» Dame..... » Napoléon s'assit sur le trône
encore chaud qu'abandonnait le fugitif
Louis XVIII. Son triomphe fut court;
Louis XVIII arriva bientôt en France pour
la seconde fois, à la suite de nos bons amis
les alliés, auxquels il s'obligea de payer près
d'un milliard : à ce sujet, on fit circuler l'é-
pigramme suivante :

Vive Louis Dix-huit qui nous coûte un milliard ;
C'est acheter trop cher quatre quartiers de lard.

C'était le cas de venir à résipiscence : mais
il n'en fut rien. Ce prince, qu'on présumait
être bon politique, rentra dans le royaume
avec la soif de la vengeance. Alors le sang
d'une foule de sujets illustres coula jusque sur
les marches de son trône. Ney, le brave des
braves ; le colonel Labédoyère, Chartran, les
frères Faucher, tombèrent sous le plomb
des soldats, qu'ils avaient conduits à la victoire, et qui les pleuraient en les assassinant...
Brune fut lâchement égorgé dans Avignon,
par des sicaires payés, dont le crime demeura
impuni... Lavalette, les frères Lallemand,

Savary et tant d'autres échapèrent par la fuite à la hache des bourreaux.

Dans le même temps, d'innombrables proscriptions atteignirent des pairs, des fonctionnaires publics, des citoyens, des militaires de tous grades. La société fut décimée par la mort, l'exil ou la captivité. Non content de ce système de pénalité terrible, Louis XVIII fit imaginer des conspirations par ses ministres pour avoir l'occasion de les punir.

Pour surcroît de malheurs, la Charte était violée dans presque tous ses articles ; les nobles seuls obtenaient des emplois ; les élections étaient faussées ; la liberté de la presse avait cessé d'exister ; la tribune était livrée à des hommes vendus au pouvoir ; l'impôt augmentait sans cesse pour satisfaire aux déprédations de la cour.

Retracer toutes les horreurs et les crimes commis par Louis-*le-Désiré*, serait une tâche trop longue ; nous en avons dit assez pour démontrer que ce monarque était faux, dissimulé et méchant par inclination, et que faire le mal était pour lui la première des jouissances.

Crapuleux par caractère, et débauché par imagination, ce prince valétudinaire et rongé d'ulcères entretenait des maîtresses auxquelles il prodiguait l'or de la France ; et des femmes du premier rang se prêtaient sans

ménagement aux lubricités de ce monarque!
Proh pudor!

Louis XVIII mourut aux Tuileries, le 16
septembre 1824, après un règne de dix ans,
qui fut une longue suite de calamités et une
violation continuelle des droits du peuple.

CHARLES X,

LXIXe et dernier roi de France de la branche aînée des
Bourbons. (An 1824.)

Charles-Philippe de France, comte d'Artois, depuis Charles X du nom, né à Versailles le 9 octobre 1757, troisième fils du
grand-dauphin, fils aîné de Louis XV et de
madame Marie-Josèphe de Saxe, succéda à
son frère Louis XVIII, le 16 septembre
1824.

La jeunesse de ce prince fut très-dissolue.
On se souvient des prouesses de l'amant de
la Duthé, de la Contat; de l'acteur des orgies de Bagatelle et du petit Trianon; du
personnage des comédies lubriques jouées
dans ce sanctuaire de débauche; du danseur
de corde des petits appartemens; enfin,
de l'homme dont les vices étaient passés en
proverbes.

Ce prince, créé chevalier de l'ordre du
Saint-Esprit en 1771, fut marié le 16 novembre 1773, à Marie-Thérèse de Savoie,
sœur de l'épouse de Louis XVIII *.

---

* Il devint veuf de cette princesse, qui mourut en

10*

En mai 1777, le comte d'Artois sortit pour la première fois de Versailles pour aller visiter les ports de l'Ouest qu'il parcourut, sans en recueillir aucuns renseignemens et sans en rapporter aucune instruction.

Ce fut l'hiver suivant qu'arriva cette aventure scandaleuse qui fit tant de bruit à Paris, et qui rendit indispensable une affaire d'honneur entre le comte d'Artois et le duc de Bourbon, dont le premier avait insulté l'épouse au milieu du bal de l'Opéra, en lui arrachant le masque. Le duel de ces princes n'eut aucune suite dangereuse, et fut loin d'établir la réputation militaire du comte d'Artois.

On jugea à propos pour la rétablir, de faire faire à ce prince, en qualité de volontaire, la campagne de Gibraltar. Il partit donc vers la fin de septembre 1782, se rendit à Madrid, passa quelques instans à la cour de Chárles IV, arriva dans la première semaine d'octobre au camp de Saint-Roch, d'où il repartit le 15, après une apparition de huit jours.

Cette campagne, qui parut un peu courte à tous les militaires, valut au prince la récompense des braves : il fut reçu chevalier de l'ordre de Saint-Louis.

Angleterre, le 2 juin 1805, après lui avoir donné trois enfans, une fille morte en bas âge, et les fameux ducs d'Angoulême et de Berri.

Lors de l'assemblée des notables en 1788, le comte d'Artois fut nommé par le roi président de l'un des bureaux de cette assemblée. Il y montra une vive opposition aux vues d'amélioration qui se manifestaient de toutes parts.

Environné de courtisans et de flatteurs, ce prince, plongé dans les plaisirs et livré à toutes les séductions du pouvoir, s'était persuadé qu'il n'avait été créé et mis au monde que pour s'abandonner à l'effervescence de ses passions; aussi l'opinion publique se prononça-t-elle fortement contre lui lorsqu'après l'exil du parlement, il vint avec Monsieur faire enregistrer à la cour des aides de Paris les édits sur le timbre et sur l'impôt territorial. Des imprécations accompagnées de menaces s'élevèrent de toutes parts autour de lui, et faillirent mettre sa vie en danger.

Cet événement précéda l'explosion du 14 juillet 1789, qui décida le prompt départ du prince, dont le courage n'était pas la première qualité. Dès le soir, il partit avec sa famille pour Turin, où il résida jusqu'à l'année suivante. Dans le courant de 1791, il vint à Vorms avec le prince de Condé et le marquis de Broglie, passa quelque mois au château de Brulh, et se fixa quelque temps à Bruxelles, d'où il partit pour Vienne.

Il fit un voyage à Pilnitz, où se trouvaient l'empereur Léopold et le roi de Prusse, Frédéric-Guillaume II. Une convention fut ré-

digée à cette époque dans le château de Pilnitz, où les deux monarques promettaient
de soutenir Louis XVI et les prétentions des
princes ses frères. Mais il n'en fut rien pour
le moment.

On était à la fin de septembre 1791 :
Louis XVI écrivit au comte d'Artois pour
l'inviter à rentrer en France, et lui transmit
en même temps le décret de l'assemblée nationale qui déclarait « ennemis de l'état tous
» les Français qui ne rentreraient pas avant
» le 1er janvier 1792. »

La lettre du roi et le décret de l'assemblée ne changèrent point les dispositions en-
nemies du comte d'Artois, qui se trouvait
alors à Coblentz, où s'était établie une petite cour modelée sur celle de Versailles. On
y faisait de grands projets ; en attendant
qu'ils s'exécutassent, les nobles émigrés
jouaient, s'amusaient, et faisaient des dupes.

Après la mort de Louis XVI, il fut décidé que le comte d'Artois se rendrait à
Saint-Pétersbourg auprès de l'impératrice
Catherine, qui annonçait les dispositions les
plus favorables en faveur des princes français. L'accueil qu'il reçut à la cour répondit
à toutes ses espérances. L'impératrice, en
lui donnant une riche épée montée en dia-
mans, lui dit : « J'espère que vous vous en
» servirez pour le rétablissement et la gloire
» de votre maison. »

Le comte d'Artois, loin d'activer les secours que lui avaient promis la Russie et l'Angleterre, vint s'enfermer à Hambourg, et fit vendre ensuite, au profit des émigrés indigens, cette belle épée, dont l'honneur et la reconnaissance lui défendaient de jamais se dessaisir.

Le 26 juillet 1795, ce prince se rembarqua à Cuxhaven, pour se rendre à Londres. A peine arrivé en Angleterre, il y trouva une frégate qui faisait partie de l'escadre du commodore Waren, et qui était disposée à le recevoir... Il y monta, croisa quelque temps sur les côtes des provinces de l'ouest, et débarqua enfin le 29 septembre suivant à l'Ile-Dieu.

On crut, cette fois, que le prince venait réaliser la promesse qu'il avait faite si souvent, de se mettre à la tête des armées catholiques et royales. Tous les chefs l'en pressaient ; les Russes n'attendaient que ce moment pour arriver.

Le bruit se répandit bientôt à l'Ile-Dieu qu'un courrier venait d'arriver de Londres avec des dépêches portant injonction à Monsieur (le comte d'Artois) de se rembarquer sur-le-champ et de revenir à Londres.

L'injonction du ministère britannique parut supposée aux chefs de l'armée royale ; ce qui n'empêcha pas le prince de se rembarquer ; aussi Charette écrivit-il à Louis XVIII, à l'instant même de marcher au supplice :

« Sire , la lâcheté de votre frère a tout
perdu , etc...... »

A la suite de cette funeste expédition,
Monsieur, ramené d'abord à Portsmouth, se
rendit ensuite à Edimbourg, où son séjour
fut de quelque durée. Il ne quitta cette ville,
pour se rendre au quartier général de l'ar-
chiduc Charles, qu'en 1799, lorsqu'il eut
appris que l'armée de Condé venait se réunir
à l'armée russe de Suisse. Les Russes étaient
déjà en pleine retraite, lorsque Monsieur arriva ; il retourna à Londres.

Les préliminaires de la paix d'Amiens
ayant forcé de nouveau le prince de quitter
l'Angleterre, il retourna à Edimbourg, revint à Londres, et partit en novembre 1804
pour Calmar, où se trouvaient son fils , le
duc d'Angoulême, et Louis XVIII, son
frère. Il quitta ensuite cet endroit, et vint
se fixer à Edimbourg, où il passa cinq années,
au bout desquelles il se rendit au château
d'Hartwel en Angleterre, où Louis XVIII
avait fixé sa demeure. Il ne sortit de ce château que pour se rendre en Allemagne, au
commencement de 1813, époque à laquelle
les chances de la guerre européenne semblaient devenir favorables à sa maison.

A l'époque du 31 mars 1814, Monsieur rentra en France, s'y annonça comme lieutenant
général du royaume, et proclama en France,
en Franche-Comté, la fin de la tyrannie, celle
de la guerre, le suppression de la conscrip-

tion et des droits réunis. On sait quels ont été les résultats de ces proclamations dérisoires.

Ce prince entra dans Paris, le 12 avril 1814, en s'écriant : *Ce n'est qu'un Français de plus.* A ce cri, on aurait pu répondre : *C'est un Français de trop*, comme l'a prouvé la suite des évènemens de la restauration, qui n'a rien restauré.

Le 15 du même mois, une députation du sénat conservateur déféra à Monsieur le gouvernement provisoire, sous le titre de lieutenant-général du royaume, en attendant que Louis-Stanislas-Xavier de France, appelé au trône, eût accepté la Charte constitutionnelle. « Je ne crains pas, répondit le prince à la députation, d'être désavoué en assurant au nom de mon frère qu'il en admettra les bases. » On sait comme ces bases ont été admises et violées journellement : « Pendant le temps que je serai à la tête du gouvernement, qui sera, j'espère, très-court, ajouta Monsieur, j'emploierai tous mes moyens à travailler au bonheur public. » On en a vu de beaux échantillons.

On ne peut expliquer l'inexplicable légèreté avec laquelle, sans opposition, presque sans débats, et trop heureux de conserver ce qu'on voulait bien lui laisser, ce prince abandonna toutes les places occupées par les Français, et réduisit leur marine à treize vaisseaux de guerre, vingt-une frégates, vingt-sept corvettes et bricks, quinze avisos, treize flûtes et gabarres, et soixante transports.

A peine le roi fut-il de retour que Monsieur fut nommé colonel-général des gardes nationales de France, et rétabli dans sa qualité de colonel-général des Suisses. Le roi l'autorisa en même temps à se faire rembourser par le gouvernement les émolumens de sa charge de colonel des Suisses, à dater de 1789 jusqu'en 1814 ; ce qui fait vingt-cinq ans.

Après une maladie qui fit craindre un moment pour les jours de Monsieur, ce prince reparut le 7 septembre 1814 au Champ-de-Mars, lors de la distribution des drapeaux, faite par le roi, à la garde nationale. Après un discours de peu d'étendue, et dans lequel ce prince avait répondu de la fidélité de cette garde, il ajouta « que, parmi tant de sujets » dévoués, il n'en était pas un qui le fût davantage que lui. » * Au même instant il se jeta dans les bras du roi, qui l'embrassa. Cette scène d'attendrissement parut avoir été préparée d'avance, comme une réponse aux bruits qui s'étaient répandus sur la retraite de Monsieur à Saint-Cloud et sur sa maladie.

Huit jours après la cérémonie du Champ-de-Mars, Monsieur commença, par la ville de Lyon, ces voyages auxquels le mau-

---

* Un parjure de plus ou de moins était une bagatelle pour ce prince.

vais succès de ceux que venaient d'entré-
prendre et de terminer les princes ses fils
et Madame, auraient dû porter la famille
royale à renoncer pour jamais. Celui de Monsieur eut des effets plus funestes encore; car,
livré à l'influence de ses courtisans, des prêtres, des émigrés, et surtout des jésuites,
non moins étrangers que lui-même à l'esprit national de la France, il exaspéra tous
les ressentimens, réveilla toutes les craintes;
et, en accordant une bienveillance et des
faveurs exclusives à quelques anciens privi-
légiés, il étendit une véritable proscription
d'opinion sur tout le reste, et particulière-
ment sur cette classe aussi influente que nom-
breuse d'acquéreurs de domaines nationaux,
contre lesquels on ne cessait d'invoquer son
indignation, qu'il n'était que trop disposé à
accorder. A Marseille, où l'exaltation des
esprits était portée à un plus haut point, le
passage du prince fut principalement marqué
par des violences exercées sur le parti vaincu.

Enfin ce voyage se termina; Monsieur revint à Paris, et rien de remarquable ne se
passa jusqu'à l'époque où la nouvelle du dé-
barquement de Bonaparte au golfe Juan parvint à la capitale le 5 mars 1815.

Monsieur partit dès la nuit même pour se
rendre à Lyon; il y arriva le 8 à dix heures
du matin; mais il n'était plus temps. Les
troupes, les populations, tout se portait avec
enthousiasme au devant de Bonaparte, dont

l'armée française formait déjà le cortége.

De retour à Paris, Monsieur accompagna, le 16 mars, le roi au Corps-Législatif, où il prit la parole après son frère, et protesta de son attachement personnel et de celui des princes ses fils pour cette Charte constitutionnelle dont on n'avait parlé jusque là, dans le château des Tuileries, qu'avec dérision et mépris.

Cette démarche tardive de la famille royale donna lieu le mois suivant à cette caricature ingénieuse où le roi et sa famille étaient représentés sous l'abri d'un parapluie, sur lequel était écrit le mot *constitution*, et qu'ils tenaient ouvert ou fermé, selon qu'ils se croyaient plus ou moins menacés par l'orage.

Le roi partit dans la nuit du 20 au 21 mars du château des Tuileries, et fut suivi dès le lendemain par Monsieur et le duc de Berry. Ces princes se rendirent d'abord à Ypres, et vinrent retrouver le roi à Gand, d'où Monsieur ne sortit plus jusqu'au retour du roi dans la capitale.

Le 26 juillet 1815, il fut nommé président du collége électoral de la Seine. Il fut appelé ensuite à présider le premier bureau de la chambre des pairs, où, dans la séance du 12 octobre, on vit ce prince, à qui on avait fait la leçon, défendre MM. de La Bourdonnaye et de Polignac, qui apportaient à leur serment des restrictions tout-à-fait inconstitutionnelles, et alléguer, à l'appui de son opinion, des considérations religieuses qui n'en imposèrent à personne, parce qu'elles ne pouvaient être regardées que comme des prétextes spécieux, propres à dissimuler toute la malveillance d'une opinion politique qu'on n'osait avouer.

Le duc de Fitz-James * ayant, deux jours après, proposé à la chambre des pairs de voter des remercîmens au duc d'Angoulême, pour la conduite que ce prince avait tenue dans le midi, lors de la retraite à laquelle il avait été obligé en mars 1815, Monsieur, avec lequel la démarche de M. de Fitz-James avait été concertée, s'y opposa par ce noble motif « que c'était contre les Français *égarés* que son fils s'était vu contraint de combattre. » Ce sentiment eût été digne d'admiration sans doute, si les événemens qui se passèrent depuis n'eussent hautement déposé contre sa sincérité. En effet, les plus distingués d'entre ces Français égarés, arrêtés du moment où l'on se crut assez fort pour n'avoir plus besoin d'être clément, ont payé de leur tête leur *égarement*, ou n'ont échappé à la mort que par l'exil.

Le 17 juin 1816, fut célébré le mariage de son fils, le duc de Berry, avec la princesse Marie-Caroline-Thérèse de Sicile.

Après la fameuse ordonnance du 5 sep-

---

* Cet Anglais francisé, un des conseillers de Charles X.

tembre 1816, Monsieur sembla demeurer totalement étranger aux affaires publiques, et non à la chasse, qui a toujours fait ses délices.

Le 13 février 1820, le duc de Berry fut assassiné par Louvel. Cette mort affligea Monsieur; car le duc de Berry était le seul sur lequel la famille royale comptait pour avoir un héritier du trône des Bourbons. Mais par un tour de gobelet qui n'est pas rare dans cette famille, on fit courir le bruit que la princesse Caroline était enceinte, et le 29 septembre de la même année, ou la fit accoucher d'un prince connu sous le nom de duc de Bordeaux.

Trois années plus tard, eut lieu la guerre d'Espagne, guerre sentimentale qui coûta 400 millions à la France, et dans laquelle le duc d'Angoulême, fils de Monsieur, se signala par des victoires et la prise du Trocadéro, si l'on en croit ceux qui furent payés pour faire la relation de la campagne de ce prince.

Sur la fin d'octobre 1823, Louis XVIII reçut les premières atteintes de la maladie qui devait mettre un terme à sa vie, et le 16 septembre suivant il n'était plus. Monsieur succéda au trône sous le nom de Charles X. Alors commença, sous les auspices de ce prince, cette conspiration des prêtres, des nobles, des émigrés, des jésuites et des congréganistes contre la Charte et les libertés du peuple.

Ce monarque, pour se mettre en règle, se fit sacrer à Reims, le 29 mai 1825, avec la plus grande pompe, accomplit toutes les cérémonies usitées en pareille fête, et fit des sermens qu'il était dans la bonne intention de violer par la suite.

Il fallait récompenser tous ces lâches courtisans dont l'habitude est de s'abreuver de la sueur du peuple, et tous ces nobles émigrés qui avaient fait la route de Coblentz et de Gand, et qui s'étaient humblement prosternés aux genoux de Napoléon. Le ministère Villèle, d'après les ordres de Charles X, proposa à la chambre des députés, de décréter un milliard pour ces aventuriers; et comme cette chambre était composée, dans la plus grande partie, d'après les fraudes électorales, d'émigrés, de jésuites en robe courte et de congréganistes, le milliard fut accordé malgré les vives réclamations de l'opposition.

Ce fut encore sur la proposition du ministre Villèle que la garde nationale de Paris fut supprimée, cette garde qui avait donné à Charles X des témoignages de dévoûment; mais ce prince, dont l'ignorance est radicale, et pour qui la reconnaissance est un vain mot, se dépêchait d'entasser fautes sur fautes, sans en prévoir les suites; étrange aveuglement d'un homme qui ne savait rien apprécier, et qui, dans son exil de vingt-cinq ans, n'avait

11*

rien oublié, disait Bonaparte, parce qu'il n'avait rien appris! *O cœca mens!*

Charles X, la *camarilla* et les jésuites, qui voulaient absolument l'anéantissement de la Charte et des libertés du peuple, s'y préparaient de loin, en déchirant chaque jour un article de cette charte, et en proposant des lois aussi absurdes que ridicules.

Le clergé, qui secondait de tout son pouvoir les attaques du gouvernement, mit en jeu la loi du sacrilége, que les chambres adoptèrent à une grande majorité. La corruption en avait établi les bases, cette même corruption les fit adopter. On nous ramenait doucement au moyen âge; mais des obstacles s'élevaient encore contre le grand coup que l'on voulait porter. Quelques résistances se trouvèrent dans le ministère; il fallait en recomposer un nouveau qui marchât droit au but, et c'est ce qu'on se détermina à faire.

En attendant que toutes les batteries fussent prêtes, et que Charles X eût auprès de lui son cher Polignac et compagnie, ce roi dévot allait tous les jours à la messe, faisait des neuvaines, signait des contrats de mariage au grand et au petit lever, recevait ses courtisans, puis allait à la chasse, où il se signalait par des exploits valeureux contre les lièvres, les lapins, et contre la grosse bête. Un roi chasseur n'est guère susceptible de

sentimens humains, et sa passion pour égorger journellement d'innocens animaux, justi-
fie le couplet suivant :

> Je n'aime pas ces chasseurs:
> Verser le sang avec indifférence ,
> Voyez où cela vous conduit ;
> C'est par le gibier qu'on commence ,
> C'est par le peuple qu'on finit.

Toutes les garanties du peuple furent vivement attaquées. En 1827, on préluda à la
censure et à la destruction de la liberté de la
presse. Malgré les efforts de l'opposition contre cette mesure, la loi passa ; mais elle n'eut
d'effet que pour un temps.

Avec une cour qui dilapidait les deniers
publics avec une impudeur inouïe , il fallait
de gros budgets; aussi augmentaient-il d'année en année ; on écrasait le peuple d'impôts
pour suffire à la voracité des courtisans , au
luxe des pairs et du haut clergé , et à l'avi-
dité de cette tourbe funeste de valets de cour
dont l'existence, dans tous les temps, fut
une calamité publique.

La loi du droit d'aînesse , la loi d'amour du
sieur Peyronnet , furent réjetées , sauf à les
proposer de nouveau dans des temps plus op-
portuns, et lorsqu'on aurait à sa disposition
un ministère bien dévoué aux intérêts de la
cour et des jésuites.

Jules Polignac , ambassadeur de France à
la cour d'Angleterre et favori de Charles X,
passait de temps en temps la Manche et arri-
vait par le paquebot à Calais , d'où il se ren-

dait au cabinet des Tuileries , pour savoir si son heure était arrivée pour être président des ministres qu'on devait choisir pour opérer un grand coup d'État.

Le 8 août 1829, la poire paraissant mûre , on s'apprêta à la cueillir. Un nouveau ministère fut organisé, et Polignac en fut nommé président.

Du 8 août jusqu'au mois de mars 1830 , époque où les chambres furent assemblées , ce ministre se signala par des actes arbitraires, des destitutions et des fraudes électorales ; rien ne fut sacré pour lui, et les justes réclamations furent traitées de rébellion.

Le 2 mars , le roi, dans son discours à la chambre des députés , parla du bien qu'il voulait faire ; bien dont on a vu les échantillons.

Le 18 , M. Royer-Collard ; président de la chambre des députés , lut à sa majesté l'adresse de cette chambre , à laquelle le roi dévot fit une réponse par laquelle il déclara qu'il savait mieux que personne ce qui convenait à la France, prorogea la chambre au 1er septembre , et vint ensuite à la dissoudre. Une nouvelle chambre fut convoquée, et dissoute avant même d'être assemblée.

Le ministère se prépara alors à son coup d'État. Le 25 juillet furent rendues les fameuses ordonnances , qui parurent le lendemain dans *le Moniteur*. La lecture de ce guet-à pens produisit dans Paris une espèce de

stupeur, qui se changea bientôt en un cri
d'indignation. Le 27, on courut aux armes ;
alors commença ce combat de trois jours entre
le peuple , pour ainsi dire , sans armes, et
les troupes royales. Les journées des 28 et 29
furent terribles; la fusillade et le canon se
firent entendre depuis dix heures du matin
jusqu'à onze heures du soir. Mais enfin la
victoire resta au peuple ; victoire qui fut
arrosée de son sang.

Que faisaient le roi, la famille royale et les
ministres dans ces terribles journées qui allaient décider de leur sort? Cachés dans les
caves des Tuileries , ils attendaient l'issue du
combat pour se montrer au peuple et recueillir le fruit du sang répandu. Leur attente fut
trompée.

Le 3o juillet, les députés réunis à Paris
nommèrent provisoirement le duc d'Orléans
lieutenant-général du royaume ; la cocarde
tricolore fut adoptée, et la cour de Charles X
se rendit à Rambouillet.

Ce fut de cet endroit que le 1er août
Charles X, qui croyait encore régner, adressa
aux Français la proclamation suivante :

« FRANÇAIS ,

«Votre roi, votre père s'adresse à vous
pour la quatrième fois ; il veut bien tout
oublier.

» N'écoutant que son cœur paternel , qui
lui ordonne de tout sacrifier au bonheur de
ses sujets, il accepte la démission de M. Man-

gin et nomme à sa place M. Dudon ; M. de Peyronnet quitte l'intérieur et passe aux affaires étrangères ; M. de Polignac quitte les affaires étrangères et passe à l'intérieur. »

On sent bien que de pareilles propositions n'étaient pas acceptables ; le roi dévot n'avait pas encore compris qu'il avait cessé de régner, et que son fils, le duc d'Angoulême, devait renoncer à la couronne de France.

Le refus par le gouvernement provisoire de transiger avec Charles X., terrifia le comité de Saint-Cloud. On mit en délibération si l'on se retirerait derrière la Loire, pour insurger la Vendée. On renonça à ce projet.

L'ex-roi résolut d'abdiquer en faveur du duc de Bordeaux. Il écrivit au duc d'Orléans, avec la souscription de lieutenant-général du royaume. Sa lettre était datée de Rambouillet, 2 août.

Le parti d'émigrer en Angleterre fut pris ; à cet effet, on fit demander un sauf-conduit, et des commissaires nationaux pour accompagner le roi jusqu'à Cherbourg. Les commissaires nommés par le gouvernement provisoire, partirent de Paris, portant au roi un million en or, de plus, l'assurance d'une pension annuelle de quatre millions.

Mais la dauphine, qui avait couché à Fontainebleau, était arrivée à Rambouillet après l'envoi de l'acte d'abdication. Son caractère violent se déchaîna ; elle jura, sacra, injuria son *bon oncle*, et annonça que

20,000 hommes tenaient pour le trône dans les places frontières. Charles X n'osait lever les yeux ; le duc d'Angoulême s'était caché. Les commissaires nationaux arrivèrent.

L'ex-roi ne savait que faire ; la duchesse d'Angoulême lui intima l'ordre de refuser leur visite, et Charles X refusa.

Le 4 août, Charles X se mit en marche, pressé pas les troupes que le général Lafayette avait envoyées après lui, sur son refus de recevoir les commissaires envoyés par le gouvernement provisoire. On allait au pas et dans le plus profond silence. Dans les villes et villages que l'on traversait, aucun cri ne se faisait entendre, et la population se découvrait.

Ce fut dans cet ordre que l'on arriva le jeudi soir, 5, à Verneuil.

Le 7, l'ex-roi arriva à Laigle, à une heure de l'après-midi ; il était escorté de 1200 hommes des gardes-du-corps, des gendarmes d'élite et de deux pièces de canon. Les cris de *Vive la Charte!* ne se firent point entendre ; et en effet, c'était pitié que de voir Charles X verser des larmes, passant ainsi d'un excès de confiance au droit divin et en son armée, aux démonstrations les moins équivoques du regret et du désespoir.

Le duc de Raguse était à la tête de l'état-major ; il avait été question de passer par Caen ; mais on apprit que ce n'était pas sans danger que Marmont pourrait se présenter dans cette ville.

S. Ex. le cardinal de Latil, ex-archevêque de Reims et confesseur du roi, avait pris les devants pour préparer les appartemens à sa majesté déchue; il s'était embarqué le 6 à Calais, pour l'Angleterre, son passe-port portait : M. de Latil, âgé de 70 ans, propriétaire français, avec un domestique.

Quand à l'ex-roi, marchant à très-petites journées, dans l'espoir que les populations et des troupes se réuniraient à lui, il ne se trouvait le 9 encore qu'à Argentan. Les gardes nationales de Vire, de Falaise, savaient le motif de cette lenteur; ayant à leur tête le général Rémond, délégué du gouvernement, elles firent savoir à Charles X qu'un plus long séjour de sa part sur le territoire français pourrait compromettre la sécurité publique et la sienne.

On arriva à Cherbourg; MM. de Schonen et Odillon-Barrot, deux des cinq commissaires, y avaient précédé les fugitifs : on les vit arriver. Dans la même voiture, se trouvaient le prétendu roi de France Henri V, sa sœur et sa mère, la duchesse de Berry, en costume d'amazone, chapeau d'homme, et des pistolets à la ceinture.

Charles X et la famille royale se sont embarqués le 16 août pour l'Angleterre, et sont arrivés à Spithead à bord d'un navire amé-

ricain et d'une frégate française. Le gou-
verneur de cette place est allé à bord du
Great-Britain, pour annoncer à l'ex-roi
qu'il ne peut le laisser débarquer sans l'ordre
formel de son gouvernement, qui lui répondit que, comme simple particulier, il pouvait prendre terre partout où il voudrait en
Angleterre. On lui envoya alors un remor-
queur royal, qui conduisit les deux navires
à Cowes.

L'ex-roi, après avoir séjourné dans quelques villes d'Angleterre, se rendit en Écosse,
et s'établit à Holy-Rood, où il tient sa petite
cour, et dans laquelle on observe avec le plus
grand scrupule les formalités les plus minu-
tieuses de l'étiquette : il y a petit lever et
grand lever. M. Latil, ex-archevêque de
Reims, lui dit la messe, après laquelle
Charles X court à la chasse, ou va en péle-
rinage en divers villages renommés par les
miracles de quelques saints dont on n'a jamais entendu parler.

L'ex-roi qui, dans le temps de son émi-
gration, fit beaucoup de dettes en Angleterre, est aujourd'hui poursuivi en justice
par ses créanciers, aux assignations desquels
il n'a pas voulu répondre. On lui a saisi
quelques carrosses qui lui sont devenus inutiles.

Ce roi bigot, qui a été chassé trois fois de
la France, et qui espère encore y rentrer pour
faire couronner Henri V, l'enfant du mi-

racle, entretient des agens dans le royaume, qui conspirent de toutes leurs forces et de tous leurs moyens pour arriver à ce but.

Le 14 février 1831, on célébra à Saint-Germain-l'Auxerrois l'anniversaire de la mort du duc de Berry, où assistèrent les principaux chefs des Carlistes. A la fin du service, un élève de Saint-Cyr déploya un portrait lithographié de Henri V, qu'on couronna d'immortelles. L'indignation du peuple fut à son comble. Les prêtres s'enfuirent. Des dégâts assez considérables eurent lieu dans l'église; la croix fleurdelisée fut renversée et détruite, etc., etc. L'archevêché fut pillé, et d'autres excès furent commis dans plusieurs églises.

Cet essai des Carlistes ne fut pas heureux, et fit ouvrir les yeux au gouvernement, qui ne doit plus ménager des Henriquinquistes qui ne travaillent qu'à sa ruine.

FIN DU PREMIER VOLUME.

TABLE

DES MATIÈRES.

PREMIÈRE RACE,

DITE DES MÉROVINGIENS.

CLOTAIRE III, treizième roi de France. Règne de 4 ans. 13

CHILPÉRIC II, quatorzième roi de France. Règne de 3 ans. Id.

THIERRY Ier, quinzième roi de France. Règne de 24 ans. 14

CLOVIS III, seizième roi de France. Règne de 4 ans. Id.

CHILDEBERT II, dix-septième roi de France. Règne de 17 ans. Id.

DAGOBERT II, dix-huitième roi de France. Règne de 4 ans. 15

CLOTAIRE IV, dix-neuvième roi de France. Règne de 10 ans. Id.

CHILPÉRIC III, vingtième roi de France. Règne de 5 ans. Id.

THIERRY II, vingt-unième roi de France. Règne de 10 ans. Id.

CHILPÉRIC IV, vingt-deuxième roi de France. Règne de 9 ans. Id.

SECONDE RACE,

DITE DES CARLOVINGIENS.

PÉPIN-LE-BREF, vingt-troisième roi de France. Règne de 16 ans. 17

CHARLES Ier, ou CHARLEMAGNE, vingt-quatrième roi de France. Règne de 45 ans. 18

LOUIS Ier, surnommé LE DÉBONNAIRE, vingt-cinquième roi de France. Règne de 27 ans.

CHARLES II, dit LE CHAUVE, vingt-sixième roi de France. Règne de 38 ans. 21

LOUIS II, dit LE BÈGUE, vingt-septième roi de France. Règne de 2 ans. 22

LOUIS III et CARLOMAN, vingt-huitièmes rois de France. Règne de 5 ans. Id.

CHARLES III, dit LE GROS, vingt-neuvième
roi de France. Règne de 3 ans. 22

EUDES ou ODON, trentième roi de France.
Règne de 10 ans. 23

CHARLES IV dit LE SIMPLE, trente-unième
roi de France. Règne de 25 ans. Id.

RAOUL l'Usurpateur, trente-deuxième roi
de France. Règne de 13 ans. Id.

LOUIS IV, dit D'OUTREMER, trente-troisième
roi de France. Règne de 18 ans. 24

LOTHAIRE, trente-quatrième roi de France.
Règne de 32 ans. Id.

LOUIS V, dit LE FAINÉANT, trente-cinquième
roi de France. Règne de 1 an. Id.

TROISIÈME RACE,

DITE DES CAPÉTIENS.

HUGUES CAPET, trente-sixième roi de
France. Règne de 10 ans. 25

ROBERT, trente-septième roi de France.
Règne de 34 ans. 26

HENRI Ier, trente-huitième roi de France.
Règne de 29 ans. 27

PHILIPPE Ier, trente-neuvième roi de
France. Règne de 48 ans. Id.

LOUIS VI, dit LE GROS, quarantième roi de
France. Règne de 29 ans. 28

LOUIS VII, dit LE JEUNE, quarante-unième
roi de France. Règne de 43 ans. Id.

PHILIPPE II, dit AUGUSTE, quarante-
deuxième roi de France. Règne de 43 ans. 30

LOUIS VIII, dit LE LION, quarante-troisième
roi de France. Règne de 3 ans. 32

LOUIS IX, dit SAINT-LOUIS, quarante-qua-
trième roi de France. Règne de 44 ans. Id.

BRANCHE DES VALOIS.

BRANCHE D'ORLÉANS.

——————

BRANCHE DES BOURBONS.

FIN DE LA TABLE.

CRIMES,

SCÉLÉRATESSES ET TURPITUDES

DES

REINES DE FRANCE.

CATHERINE DE MÉDICIS
Conduit Charles IX à Montfaucon pour contempler
le corps de Coligni.

CRIMES,

SCÉLÉRATESSES ET TURPITUDES

DES

REINES DE FRANCE,

DEPUIS LE COMMENCEMENT DE LA MONARCHIE JUSQUES ET
Y COMPRIS MARIE-ANTOINETTE ;

D'APRÈS LES ANCIENNES CHRONIQUES, LES RÉCITS DES HISTORIENS
ET LES MÉMOIRES DU TEMPS.

Descends du ciel, auguste vérité!

TOME SECOND.

A PARIS,

CHEZ GAUTHIER, ÉDITEUR,

RUE MAZARINE, N° 49 ;

ET CHEZ H. MOUILLEFARINE, LIBRAIRE,

PASSAGE DAUPHINE, N° 46.

1831.

PARIS. — IMPRIMERIE DE COSSON,
Rue Saint-Germain-des-Prés n° 9.

INTRODUCTION.

L'histoire et l'expérience attestent qu'une femme qui peut tout, est capable de tout : une femme devenue reine, change de sexe, se croit tout permis, et ne doute de rien : semblable à l'une des maîtresses de Jupiter, une reine est jalouse de lancer elle-même la foudre, au risque d'en être consumée la première.

Les reines qui ont tenu le sceptre en leur nom, ne sont pas celles qui ont fait le plus de mal ; elles étaient responsables, sinon à la loi, du moins à l'opinion, qui conduit quelquefois au châtiment plus vite que la loi : ce sont les épouses des rois, qui ont influé d'une manière toujours fâcheuse sur la destinée des empires et le bonheur des peuples ; elles commirent presque toutes les iniquités de la politique, et ce sont leurs maris qui en portent la peine au tribunal de l'histoire, comme on l'écrivait autrefois. Telle reine n'échappa au ressentiment que parce qu'elle sut cacher le ressort de ses intrigues sous la pourpre maritale.

L'un des inconvéniens graves attachés à la monarchie, est l'ascendant des reines; les peuples auront toujours à se mettre en garde contre leurs rois qui ne seront pas orphelins, veufs ou célibataires.

Nos aïeux se prévalurent en vain d'avoir échappé à l'empire des femmes : *les lis ne filent point*, disaient-ils, parce qu'ils ne voyaient point le nom d'une femme à la tête des édits ; mais la loi salique ne nous garantit que de l'autorité du sexe légalement établie, nullement de sa domination de fait. Hélas! la quenouille frappa nos têtes plus souvent et plus fort peut-être que le sceptre lui-même.

Une reine, à l'ombre du trône de son

mari, prend ses ébats en toute sécurité, et s'abandonne à tout ce dont est capable une femme qui se voit au dessus des lois de la société, comme au dessus des devoirs de son sexe, et dont l'impunité reconnue consacre d'avance les écarts personnels et les attentats publics.

Pour une Egérie qui ne donna que de sages conseils au bon Numa, que d'Agrippines! Les deux Faustines souillèrent les deux plus beaux règnes des annales de Rome. Antonin et Marc-Aurèle eussent été les deux souverains les plus accomplis de toute l'histoire, sans leur faiblesse pour leurs femmes.

Nous allons reproduire les crimes où nos reines furent entraînées par l'ivresse des sens ou celle du pouvoir.

Toujours lâches, toujours serviles, parce que toujours leur plume fût vendue, les historiens ne nous ont montré qu'à travers un voile les infamies qui, durant quatorze siècles, souillèrent l'intérieur du palais de nos reines; ils ne nous les ont fait entrevoir que pour alléger la réputation de ces princesses, en reportant tout le poids de leurs vices sur des valets de cour, qui pourtant n'étaient qu'agens ou complices des crimes et des turpitudes de leurs maîtresses.

CRIMES,

SCÉLÉRATESSES ET TURPITUDES

DES

REINES DE FRANCE.

BASINE,

Femme de Childéric Ier.

La première femme qui s'offre à nos regards entre les reines criminelles est Basine, reine de Thuringe. Elle vécut vers l'an 460 de l'ère chrétienne : lorsqu'elle connut Childéric, quatrième roi de France, elle n'était point dans un âge où quelquefois l'amour peut sans crime étouffer la voix de la raison; elle était épouse et mère.

Childéric, connu par son libertinage et ses débauches, chassé ignominieusement de sa patrie par les seigneurs francs dont il avait dévasté les biens, pillé les trésors, déshonoré les femmes et les filles, va chercher un asile à la cour du roi de Thuringe. Basine, femme de ce dernier, se charge du soin officieux de consoler ce coupable fugitif, en lui accordant une hospitalité beaucoup plus intime que celle de son mari: et lorsqu'il est rappelé en France, cette nouvelle Hélène abandonne, pour le suivre, son époux et ses enfans.

Childéric l'épouse, et de ce mariage illégal et scandaleux naquit Clovis I.er *.

Il paraît que le roi de Thuringe considéra ce crime avec mépris, et ne chercha point à renouer les liens que la criminelle avait rompus. Mais l'audace de Childéric n'en alluma pas moins entre les deux peuples une haine qui dans la suite fit couler des torrens de sang. Les nations étaient alors assez simples pour regarder les intérêts de leurs rois *comme inséparables des leurs.*

CLOTILDE, dite LA SAINTE,

Femme de Clovis I.er

Clotilde, fille de Chilpéric, roi de Bourgogne, fut élevée par Goudebaud son oncle, qui, pour usurper le trône, avait fait périr son frère et ses neveux, à l'exception de cette

---

* Ce prince devait le jour au crime; il en reçut toute sa vie les inspirations.

princesse, dont il croyait n'avoir rien à redouter. Il se trompait. Clotilde, à qui les moines ont décerné les honneurs de l'apothéose, dont nos vils historiens antiques et modernes ont à l'envi exalté les vertus chrétiennes, paraît avoir été une fille ambitieuse, intrigante et dissimulée. Elle sut, en trompant la vigilance de Gondebaud, ménager son mariage avec Clovis, et partit une nuit avec un ambassadeur de ce monarque, sur la foi d'une promesse verbale de s'unir avec elle que lui fit Clovis, et de se convertir à la religion chrétienne.

Non contente d'avoir donné sa main sans le consentement de son oncle et de quitter clandestinement sa cour, la pieuse Clotilde quittant sa patrie en 492, fit mettre le feu à quelques villages innocens des crimes de Gondebaud, et s'écria, en voyant la flamme s'élever vers le ciel : « Grâces à Dieu, mes parens sont déjà vengés * ! »

Clovis, s'embarrassant peu d'une religion quelconque, encore moins de la foi des sermens, ne tint pas ce qu'il avait promis, sa conversion chrétienne ; il éluda même avec une amère ironie, assurant à sa femme « qu'un » païen lui ferait d'aussi beaux enfans qu'un » sectateur du Christ. » L'ambitieuse reine ne s'était point attendue à ce refus ; cepen—

---

* Encore une sainte à rayer du calendrier, ainsi que deux autres saints fois, Charlemagne et Louis IX.

dant elle sut obtenir sur l'esprit dur et farouche de Clovis assez d'empire pour faire baptiser son premier enfant ; la mort de celui-ci, que le père n'attribua qu'à l'influence du Dieu dont il ne reconnaissait pas l'empire, ne l'empêcha point de laisser encore baptiser le second ; et enfin, à la bataille de Tolbiac, succombant presque sous les efforts des Suèves et des Bavarois, il s'avisa d'invoquer le dieu de Clotilde, et demeura victorieux ; il embrassa aussitôt la foi chrétienne, sans y croire et sans la comprendre.

La constance de Clotilde ayant obtenu ce premier sacrifice, et sa piété ne modérant point son amour pour la vengeance, elle eut moins de peine à lui persuader d'entrer à main armée sur les terres de son oncle, et d'y faire périr une multitude d'hommes qui n'avaient point trempé dans les fureurs de Gondebaud.

Ce n'était ni à calmer les passions de son mari, ni à lui inspirer des sentimens doux et paisibles que s'occupait la sainte reine ; c'était au contraire à seconder ses penchans criminels, et à lui indiquer à verser le sang humain. Clotilde encouragea Clovis à faire massacrer, presque sous ses regards pieux, neuf de ses proches parens.

Lorsque la mort de ce prince cruel mit fin à ses crimes, elle se servit de son empire sur le cœur de ses enfans pour faire massacrer les fils et les petits-fils de Gondebaud ; et cependant lorsqu'elle les exhortait ainsi au meurtre, elle était retirée à Tours, sur le tombeau de Saint-Martin, où elle vivait dans les exercices de la piété *la plus exemplaire* en apparence, enrichissant une église des dons arrachés aux peuples par son mari, et en partie provenant du pillage des autres églises, dans lesquelles Clovis, premier roi chrétien, avait souvent trouvé de quoi suppléer au besoin de son insatiable avarice.

Après sa mort arrivée en 548, Clotilde fut canonisée par les moines, honorée par les historiens de son siècle; sa mémoire a été en vénération, elle aurait dû périr sur un échafaud.

FRÉDÉGONDE ET BRUNEHAUT.

La première, concubine, puis femme de Chilpéric; la seconde, femme de Sigebert, roi d'Austrasie.

Il est indispensable de conduire de front l'histoire de ces deux femmes criminelles, parce que leurs intrigues et leurs forfaits se sont confondus pendant une longue suite d'années.

Frédégonde, née à peu près en 550, était femme de chambre d'Audouère, première femme de Chilpéric, et maîtresse de ce prince. Audouère était belle, mais sans esprit. Elle était mère de trois enfans, et enceinte du quatrième, lorsque Chilpéric la quitta pour aller assassiner les Saxons. Frédégonde profita de son absence, et, se servant de la superstition pour enchaîner le cœur féroce de son amant, elle imagina de conseiller à la crédule Audouère d'être elle-même la marraine de l'enfant dont elle accoucha, sachant que toute alliance spirituelle interdisait les rapports charnels; elle rompit ainsi le nœud viril qui l'unissait à Chilpéric. D'accord avec sa maîtresse, ce prince ne manqua pas à son retour d'invoquer la prohibition dont il s'agit; il fit rompre son mariage avec Audouère, malgré ses larmes et ses supplications; la reine et la fille à qui elle venait de donner le jour furent jetées dans un couvent, et toutes deux périrent ensuite par l'ordre de Frédégonde.

Qui n'aurait cru que cette dernière allait monter sur le trône? Mais Chilpéric avait juré de n'épouser qu'une princesse. Constante dans ses projets, Frédégonde sentit qu'il fallait céder un moment à un préjugé qu'elle se flattait de détruire, et souffrir encore une fois des nœuds qui ne l'intimidaient pas.

Athanagilde, père de Brunehant, avait une seconde fille, nommée Galsuinte. Chilpéric employa les bons offices de son frère Sigebert pour l'obtenir, et la malheureuse Galsuinte, malgré les pleurs de sa mère et ses funestes pressentimens, fut amenée à Chilpéric, ou plutôt à Frédégonde.

Le roi visigoth, connaissant l'avarice de

Chilpéric, fit suivre sa fille de plusieurs chariots chargés d'or et de riches présens....
Le prince étranger n'exigeait qu'une seule chose du monarque français, c'était de ne lui renvoyer jamais sa fille ; Chilpéric en fit le serment sur les reliques devant les ambassadeurs d'Athanagilde... En effet, Galsuinte ne fut jamais renvoyée ; Frédégonde sut épargner un parjure à son amant, et lorsqu'en 568 elle eut obtenu la promesse de monter sur le trône, Chilpéric envoya un de ses plus intimes favoris au lit de la reine, avec ordre de l'étrangler. Mais ces deux monstres étaient faits pour se disputer d'activité dans le crime : Frédégonde l'avait prévenu ; Galsuinte était morte.

Sigebert et Brunehaut, voulant venger cet assassinat, entrèrent dans les états de Chilpéric, et le réduisirent bientôt à la dernière extrémité ; les Français payèrent de leurs biens, de leur vie, le crime d'un tyran et d'une prostituée. Abandonné de ses sujets qu'il avait accablés d'impôts et de mauvais traitemens, Chilpéric prit la fuite avec Frédégonde, devenu sa femme sur le cadavre encore chaud de Galsuinte. Il ne restait au roi fugitif que la ville fortifiée de Tournai ; il courut s'y renfermer.

Frédégonde était nécessaire à son infâme époux ; jamais elle ne fut abattue par aucun revers, dès qu'elle pouvait le réparer par un crime. Dans ce désastre, elle sut armer les bras de deux jeunes hommes sur lesquels elle employa tous les prestiges de la religion, ceux des présens, l'espoir brillant d'une fortune immense, les charmes encore plus puissans des caresses ; elle réussit ; Sigebert fut assassiné.

La révolution fut aussitôt consommée ; l'armée du roi d'Austrasie leva le siége de Tournai, toutes les villes du royaume de Chilpéric furent soumises, et il s'en fallut peu que l'assassin ne montât sur le trône de son malheureux frère.

Le comble de la bassesse et de l'ignominie fut de voir Brunehaut, la sœur de Galsunite, la veuve de Sigebert, offrir sa main et ses états au bourreau de sa sœur et de son mari. Frédégonde eut cependant assez d'empire sur Chilpéric pour empêcher l'adroite manœuvre de sa rivale. Le fils de Sigebert était demeuré prisonnier entre les mains de ses ennemis, et sa vie, qui servait de barrière entre Chilpéric et le trône d'Austrasie, ne pouvait être en sûreté dans les mains de Frédégonde. On trouva moyen de l'enlever, et de le porter à Metz, où il fut proclamé roi.

Chilpéric se vengea de ce contre-temps par le pillage des trésors de son frère, et en envoyant sa veuve prisonnière à Rouen.

Frédégonde avait avait usé de ses charmes séduisans pour obtenir l'assassinat ; Brunehaut employa les siens pour captiver le fils de Chilpéric. Ce jeune prince, nommé Mérovée, s'éprit à tel point des attraits de sa tante, qu'il lui demanda sa main, après avoir obtenu ses faveurs. Ce Mérovée, fils de l'infortunée Audouère, n'avait pu pardonner le meurtre de sa mère à Frédégonde ; il unit sa haine et ses ressentimens à ceux de Brunehaut. Vains efforts ! Il périt par le fer des bourreaux de cette Euménide couronnée, ainsi que l'évêque Prétextat, qui l'avait marié. Presque aussitôt succomba sous les effets du poison mortel un seigneur français qui avait osé reprocher à cette furie le long amas de cruautés dont elle marquait chaque jour de sa vie.

Il restait à Chilpéric un fils d'Audouère, nommé Clovis, tout aussi irrité que feu son frère contre le roi et contre Frédégonde. Souvent ce prince, outré des crimes de ce couple odieux, laissait échapper des menaces. Sa perte fut jurée. Cet attentat était d'une exécution plus difficile que les précédens ; Chilpéric aimait ce fils. Frédégonde eut besoin de quelque artifice pour commettre ce nouveau crime ; il fallut accuser Clovis d'en avoir commis, et on le feignit coupable d'aimer la fille d'une magicienne. C'était dans un moment où les fléaux du ciel avaient frappé simultanément le royaume : des pluies prolongées, le débordement des fleuves, le dérangement des saisons, des feux errans égarés dans le ciel et sur la terre *, un tremblement de terre et une longue et cruelle épidémie, suite ordinaire de ces fléaux, répandirent l'effroi et la consternation dans les états de Chilpéric ; ses sujets moururent par milliers : les enfans de Frédégonde périrent, le roi lui-même fut en danger.

On n'imaginerait pas que cette furie, qui méditait alors le meurtre de Clovis, profita du désordre des élémens, pour arriver à son but. « Le prince, dit-elle à Chilpéric, aime « éperdûment la fille d'une magicienne; c'est » par les conjurations de sa maitresse qu'il a » su attirer sur vos provinces, sur votre fa- » mille, sur vous-même tous les maux dont » votre cœur est affligé; car Clovis ne répond » que par la haine à l'amour que vous lui » portez,..... et cette haine s'est unie au se- » cours de l'enfer pour vous accabler de tri- » bulations et de malheurs. »

Cette accusation astucieuse eut d'autant plus de crédit sur l'esprit du roi que son fils n'avait ressenti aucun effet de l'influence pestilentielle de l'air, et qu'il fut aisé de persuader à Chilpéric que le pouvoir de la magicienne l'en avait préservé.

Cette malheureuse fille fut arrêtée et battue de verges par l'ordre de Frédégonde, jusqu'à

---

* Ces feux-follets ont été quelquefois d'un grand secours au clergé pour intimider les gens superstitieux.

ce qu'un traitement aussi barbare lui eût arraché l'aveu de son prétendu crime; et, mu-
nie de cette espèce de preuve juridique, et
s'érigeant elle-même en juge, appelle, in-
terroge, condamne Clovis, le fait égorger
dans sa prison, et fait dévorer l'innocente
fille par les flammes d'un bûcher.

A la mort de Chilpéric, ses états devaient
revenir à ce roi d'Austrasie, fils de Sigebert
et de Brunehaut, échappé des mains de Frédégonde. Cette mégère ne pouvant l'assassiner, songea à s'en faire un allié et même un
ami, en lui faisant d'avance assurer l'héritage
de Chilpéric. Elle ne réussit point dans ce
projet, qui ne valut aux peuples, déjà ruinés,
qu'une nouvelle guerre où le sang coula encore pour les intérêts de deux criminelles
prostituées.

Dans le même temps, Frédégonde ayant
marié sa fille Ragonte avec le roi des Goths,
cette princesse partit pour les états de son
époux, suivie de cinquante chariots chargés
de trésors, qu'escortaient quatre mille hommes. Mais ce corps n'empêcha pas que ces
riches présens ne fussent pillés par Didier,
comte de Toulouse.

Ragonte, dépouillée de ses trésors, parut
sans charmes pour un prince cupide; elle
revint à la cour de Chilpéric, ruinée, et,
dit-on, violée par le barbare Didier.

Cette fille se dédommagea du malheur de
n'être point mariée par une vie fort licen-

cieuse que sa coupable mère s'avisa souvent
de blâmer avec aigreur. Ragonte, coupable
seulement d'incontinence, osa se plaindre un
jour à Frédégonde des rigueurs qu'elle lui
montrait. « Que dites-vous ? répondit la
» reine ; je vous aime, je vous chéris, et je
» veux vous le prouver par de nouveaux pré-
» sens. Tenez, ajouta-t-elle en ouvrant un
» grand coffre rempli de bijoux, prenez
» vous-même là-dedans ce qui vous plaira le
» plus. » A ces mots, l'imprudente fille, encouragée par le sourire de sa mère, s'étant
courbée jusque dans le coffre, la marâtre en
laisse tomber le couvercle sur la tête de la
trop confiante princesse. Aux cris déchirans
que poussa Ragonte, des officiers accouru-
rent et la sauvèrent des mains de sa mère
qui allait l'étrangler.

Il était temps que l'odieux Chilpéric fût
lui-même victime de ce monstre. Frédégonde, tout en blâmant le libertinage de sa
fille, continuait à se livrer avec emportement aux plaisirs de l'amour. Un matin, vers
la fin du mois de septembre 584, prêt à partir
pour la chasse, il lui prit fantaisie de rentrer
et de dire un mot à la reine ; il la trouva
seule dans son cabinet de toilette, les cheveux épars, et la frappa légèrement, sur la
tête, d'une baguette qu'il tenait à la main.
Frédégonde, qui le croyait en route, le prit
pour Landri de la Tour, son amant, et connu pour tel de toute la cour, hors du roi.

Landri, lui dit-elle sans se détourner, *un bon chevalier ne doit jamais frapper les dames par derrière*. Chilpéric, immobile d'étonnement, ne répliqua rien, et, après un moment de silence, sortit sans s'expliquer. Frédégonde se retourna, le reconnut, envoya chercher Landri, lui raconta son imprudence et lui ordonna de choisir entre la mort du roi et la leur. Landri lui obéit, et au retour de la chasse, des assassins gagés par ces deux adultères, ayant assailli Chilpéric, lui arrachèrent une vie odieuse à tous les gens de bien.

Cette fois, Frédégonde ne put échapper à l'idignation qu'excita contre elle la mort du roi; mais elle sut se soustraire à ses effets... Le sacerdoce, toujours indulgent pour le crime, pourvu qu'il soit crédule et généreux, le sacerdoce ouvrit les bras à Frédégonde; elle fut reçue dans la cathédrale de Paris par l'évêque Réginalde.

Les deux prétendans à la succession de Chilpéric étaient Childebert, fils de Sigebert et de Brunehaut, et Gontran, frère du roi défunt. Le dernier, prévenant son neveu, arrive à Paris avec une armée, et s'empare du trône, au nom du jeune Clotaire, fruit des amours de Frédégonde. Childebert s'était avancé jusqu'à Meaux, d'où il députa vers son oncle des ambassadeurs, chargés de lui demander de lui livrer l'infâme Frédégonde, pour être punie des meurtres de Galsuinte, de Sigebert, des deux fils d'Audouère et de son propre mari. Childebert proposait ensuite à Gontran de partager les possessions de Childéric. Il n'était plus temps ; Gontran était déjà séduit par les artifices de Frédégonde, par l'espoir de la régence ; persuadé ou feignant de l'être, que le jeune Clotaire, âgé seulement de quatre mois, était le sang de Chilpéric, il repoussa la demande de Childebert, prit Frédégonde et Clotaire sous sa protection, et consentit à être le parrain de cet enfant.

De son côté Frédégonde n'oubliait pas le soin de sa vengeance ; on surprit plusieurs assassins envoyés par elle pour tuer Childebert et Brunehaut, avec des armes empoisonnées. Elle ne put réussir, et se trouva exposée à de nouveaux dangers, lorsque Gontran mourut, laissant Clotaire âgé seulement de neuf ans.

Quoi qu'il en soit, son courage et son génie suppléèrent à ce qui lui manquait d'appui et de secours : seule elle sut rallier autour de son fils les grands, les soldats et même le peuple crédule qui regardait comme sacrée la personne d'un roi. Seule à la tête de l'armée, inférieure en nombre à celle du roi d'Austrasie et portant dans ses bras l'enfant qui lui servait d'égide, elle vainquit Brunehaut et son fils, et assura l'empire de Neustrie à Clotaire. Childebert mourut ; Brunehaut, ressaisie du gouvernement, déclara de nouveau la guerre à Frédégonde, et n'emporta d'autre fruit de son entreprise que la honte d'une défaite et le pillage de ses trésors ; vingt mille hommes périrent dans une seule bataille.

Enfin Frédégonde mourut en 596, âgée de cinquante ans, laissant une mémoire en exécration à tous les peuples chez lesquels son nom était parvenu.

Après la mort de cette furie, Brunehaut délivrée d'une rivale redoutable, régna au nom de ses petits-fils, Thierry et Théodebert, sur les états d'Austrasie. Le dérèglement de ces princes fut pour elle une occasion de conserver sa puissance; elle-même alimentait les vices de ces jeunes débauchés, en leur fournissant des femmes. Avancée en âge et flétrie par de longs excès, elle conçut cependant une violente passion pour le jeune Protade que l'ambition jeta dans les bras de cette princesse surannée. Elle obtint pour lui la charge de maire du palais. Celui-ci devint alors le complice de ses crimes; mais bientôt il fut assassiné par les grands, jaloux de son crédit et irrités de son insolence.

Brunehaut, avide d'autorité, mais surtout d'assassinats, trouva l'aliment de ses deux passions dans la division de ses deux petits-fils; elle vint à bout de les désunir; Thierry, par ses conseils, fait massacrer Théodebert, son frère, sous prétexte que c'était un bâtard de Faileube, sa mère, et d'un jardinier. Il meurt, et Brunehaut fait périr avec lui ses deux fils, dont elle écrase elle-même le plus jeune contre la muraille.

Bientôt après, Thierry devenu amoureux de la fille de ce même Théodebert, et voulant l'épouser, Brunehaut est forcée de convenir qu'elle est sa nièce; Thierry veut passer outre : elle l'empoisonne et règne encore sous le nom de ses arrière-petits-fils.

Enfin les grands de la cour d'Austrasie, las de tant de forfaits, conspirèrent la perte de Brunehaut avec Clotaire, roi de Neustrie Ce prince lui déclara la guerre : certain d'avance des dispositions des chefs austrasiens, il remporta une victoire facile, et la vieille reine tomba en son pouvoir. Clotaire la fit périr avec une horrible cruauté. Elle fut exposée un jour entier aux outrages des soldats. Ainsi déshonorée, souillée, on la livra à un genre de mort digne d'un prince élevé par Frédégonde. La reine d'Austrasie, attachée à la queue d'un cheval indompté, fut traînée par cet animal à travers les rochers, les forêts, les halliers, jusqu'à ce que son corps et ses membres, déchirés en lambeaux, fussent dispersés en débris sanglans. On les réunit à peine, et l'odieux Clotaire les fit déposer dans un tombeau que l'on montrait encore, il y a cent ans, dans l'abbaye de Saint-Martin, à Autun.

La première race de nos rois ne nous présente plus dans leurs femmes que des créatures nulles, indolentes, bigotes, sachant prier Dier, doter des monastères, enrichir des églises, et combler de bienfaits des moines fainéans, des religieuses inutiles avec les biens que leurs maris arrachaient aux hommes pauvres et laborieux, pour la plus grande gloire de Dieu et le bonheur de l'humanité.

FASTRADE,

L'une des femmes de Charlemagne.

Parmi les différentes femmes de Charlemagne, on distingue Fastrade, fille de Raoul, comte de Franconie, dont le caractère pensa devenir fatal à son mari. L'insolence de cette fille des Césars irrita les grands d'Austrasie, que Charlemagne avait accoutumés à des mœurs plus douces ; son humeur sombre et chagrine aigrit le caractère de Pépin, dit le *Bossu*, fils naturel de l'empereur.

Charlemagne était à Ratisbonne peu accompagné, lorsqu'un prêtre lombard, s'étant endormi dans l'église de Saint-Pierre, s'éveilla, au milieu de la nuit, au bruit de plusieurs hommes rassemblés, qui semblaient tenir une espèce de conseil. Surpris, il écoute sans se montrer, et la conversation de ces individus lui découvre le secret d'une conjuration contre l'empereur et sa femme. Dès qu'il put, sans crainte, sortir de sa retraite, il courut au palais en instruire Charlemagne,

2*

et lui nomma les conjurés, au nombre desquels était son fils.

Fastrade, enflammée de colère, fit les plus grands efforts pour endurcir le cœur de son mari déjà porté à la vengeance. Elle ne l'engagea que trop à punir d'une manière atroce des hommes coupables, seulement d'avoir senti qu'ils n'étaient pas faits pour ramper sous une femme. Elle voulait exiger de lui qu'il lui sacrifiât son fils.

Charles n'avait point abjuré les sentimens paternels ; ses entrailles s'émurent en faveur de prince coupable, qu'il se contenta de faire enfermer dans un monastère.

L'impitoyable Fastrade mourut peu de temps après, de chagrin et de rage de n'avoir pu décider un père à égorger son fils.

JUDITH,

Seconde femme de Louis Ier, dit le Débonnaire.

Louis Ier, veuf à quarante-deux ans, et ayant trois fils de sa première femme, avait manifesté le désir de s'enfermer dans un cloître : mais bientôt il changea d'idée ; on fut surpris de le voir choisir dans sa cour la plus belle et la plus jeune des filles qui la composaient, mais non la plus sage. Judith était son nom ; elle avait dix-huit ans ; il l'épousa en 819, à Aix-la-Chapelle.

Un prince d'humeur chagrine, dominé par

une inquiétude vague, déplorant le passé, redoutant l'avenir, demandant sans cesse des destinées prospères aux autels, aux papes, aux reliques, un monarque imbécile et fanatique, ne pouvait fixer long-temps le cœur d'une reine passionnée qui, jeune encore, avait jeté loin d'elle le bandeau des vierges, et n'avait apporté dans la couche impériale que des charmes déflorés.

Presque aussitôt après son mariage, son intrigue publique avec Bernard, comte de Barcelonne, ne laissa ignorer le déshonneur du roi qu'à lui seul. Au bout de quatre ans, en 823, elle mit au monde un prince de la légitimité duquel on n'avait que trop raison de douter; on en douta bien plus encore, lorsque, après la naissance de ce fils, elle se hâta de faire donner à Bernard la place de premier ministre, en lui recommandant de travailler à assurer la succession de l'empire au fruit de leur amour adultérin.

Le faible Louis, esclave de sa femme et de l'amant de sa femme, consentit, en 829, à donner une portion de ses états à ce prince nommé Charles, et âgé seulement de six ans; et ce fut en présence de deux de ses fils aînés, Lothaire et Louis, qu'il leur fit un affront aussi sanglant. Pépin, leur frère, était absent, et ce fut celui qui, plus tard, se déclara le vengeur de tous trois.

Judith, mécontente ou plutôt irritée des satires que les grands se permettaient contre sa conduite, les avait toujours traités avec hauteur, avec dureté; plusieurs d'entre aux avaient même été punis à son instigation par le puissant Bernard. Ces seigneurs unirent leur ressentiment à la juste vengeance de Pépin, qui avait excité l'indigation de ses frères : une conjuration se forma, ce prince s'en déclara le chef, et elle ne tendait à rien moins qu'à détrôner Louis et sa femme.

On commença par publier les désordres de Judith, la violation commise en faveur du fils de Bernard, puis enfin les injustes rigueurs exercées contre les fidèles sujets. La religion éleva la voix à son tour ; les prêtres crièrent que l'adultère de Judith et du comte de Barcelonne devait être puni.

Cependant Pépin s'avançait à la tête d'une armée ; Judith s'enferma dans un monastère. Louis, qui ne savait rien être sans elle, l'imita et courut s'encapuchonner à Compiègne, tandis que Bernard, au lieu de défendre le couple royal, s'enfuyait lâchement à l'approche de Pépin.

Pendant une longue suite d'années, Louis, tour-à-tour moine et empereur, punit ses enfans, leur pardonne, les punit de nouveau pour leur pardonner encore, et soutient niaisement dans tous les cas que Judith, sa femme, est la plus pure de toutes les créatures, Bernard, le meilleur et le plus honnête de tous les hommes. Il soutient aussi, et offre même de faire constater par le *jugement de*

Dieu, que le jeune Charles, fils de Bernard, est bien l'œuvre de son amour impérial ; en cette qualité, Louis persiste à lui conserver une partie de son héritage.

Encouragée par cet aveuglement, Judith fait tomber toutes les têtes qui lui portent ombrage, ou qui laissent échapper un murmure contre l'usurpation du bâtard, en commençant par faire assassiner un évêque qui avait conseillé à Louis de la répudier. Enfin après la mort de cet imbécile monarque, arrivée en 840, Judith mit le comble à ses forfaits en livrant à Lothaire la sanglante bataille de Fontenai, où il périt plus de vingt mille Français.... Le destin favorisa le crime. La veuve de Louis triompha sur un champ, baigné du sang de ses concitoyens, et à la lueur des flammes qui dévoraient leurs habitations.

Et cette mégère mourut paisiblement dans son lit, après avoir rempli tous les devoirs ou plutôt toutes les superstitions de la religion.

RICHILDE,

Seconde femme de Charles le-Chauve.

Richilde était fille de Boves, comte d'Ardennes, sœur de Boson Ier, qui fut depuis roi de Provence, et de Richard, duc de Bourgogne. Charles en devint si éperdûment amoureux que, quoique, déjà lié à Ermentrude, sa première femme, il l'eût à coup sûr répudiée s'il eût été mieux affermi sur son trône, et s'il n'eût craint les foudres du souverain pontife.

Richilde se contenta donc, pendant quelques années, du titre de concubine. La mort de la reine, arrivée en 869, la plaça sur le trône, et son mariage fut célébré à Aix-la-Chapelle, le 22 janvier 870. Cet hymen n'éteignit point la flamme incestueuse dont elle brûlait pour Boson, son frère.

Lorsque Charles passa en Lombardie, dans le dessein de s'emparer des états de Louis, son frère, mort en 875 ; Richilde, pendant son absence, demeura régente du royaume, sans en avoir le titre. Boson, son amant, l'aida à gouverner, et tous deux s'acquittèrent mal de ce devoir. Le roi, revenu d'Italie, après une guerre malheureuse, trouva ses états remplis de troubles et de divisions, envahis d'un côté par les Normands, de l'autre par l'héritier de la Lombardie.

Charles fut dominé le reste de sa vie par sa chère Richilde, qu'il faisait asseoir à côté de lui sur le trône ; tant de déférences n'empêchèrent pas cette reine d'avoir une foule d'amans, indépendamment de son frère Boson.

A la mort de ce prince, arrivée en 877, Richilde fut véhémentement soupçonnée de l'avoir empoisonné.

Elle avait eu cinq enfans, sans qu'aucun eût vécu ; elle crut donc pouvoir déшndre une partie des états de son mari pour former un' apanage à Boson. Du reste, elle continua de vivre dans la plus intime familiarité avec ce frère, que la voix publique accusait hautement d'être l'assassin du roi ; mais elle lui donna tant de rivaux, et se livra à tant de débordemens que Foulques, archevêque de Reims, lui écrivait, peu de temps après la mort de son mari, « qu'au lieu de tenir la » conduite d'une veuve chrétienne, le démon » allait partout avec elle ; qu'on ne voyait à » sa suite que dissensions, emportemens, in- » cendies, pillages, meurtres, libertinage, » excès de tout genre et de toute espèce. »

Richilde employa toute sorte de moyens pour fermer l'accès du trône, à Louis, dit le Bègue, fils aîné de Charles, et elle ne lui céda enfin qu'à des conditions si favorables à Boson, que peu après il devint le fondateur du royaume d'Arles ; alors elle voulut bien restituer au fils de Charles, les ornemens de sa dignité dont elle s'était emparée avec le testament de son père.

On ignore l'année de sa mort, et les lieux où elle vécut après celle de son mari.

La seconde race des rois de France disparaît à nos regards sans nous offrir aucune femme dont on puisse citer le nom. Heureuses d'avoir été nulles et de n'avoir pas laissé une mémoire en horreur à la postérité!

CONSTANCE.

Seconde femme de Robert-le-Pieux.

Robert, fils de Hugues Capet, lui succéda en 997; il avait épousé en premières noces Berthe, veuve d'Eudes, comte de Provence, et arrière-petite-fille de Louis IV, roi de France; elle était donc sa parente et au degré défendu. Outre cet inconvénient, il avait tenu avec elle sur les fonts de baptême un des enfans qu'elle avait eus de son premier mari.

Grégoire V, qui occupait alors la chaire pontificale, donna le premier exemple d'une excommunication lancée contre le royaume entier. Robert ayant refusé d'obéir à ses premières bulles et de se séparer de sa femme, le service divin fut interdit dans toute la France, les sacremens aux vivans, la sépulture aux morts. Les temples furent fermés.

Robert, abandonné de ses domestiques, n'en put retenir que deux qui, regardant comme profane tout ce que touchait leur maître, refusaient encore de manger des mets qui lui avaient été servis, et brisaient tous les meubles à son usage.

Le chagrin fit faire une fausse couche à la reine dans les premiers mois de sa grossesse. Les satellites de l'évêque de Rome publient aussitôt que cette princesse est accouchée

d'un monstre dont la tête est hérissée de serpens, et qui jette des flammes par la bouche.
Chacun se signe en passant devant le palais
du roi.

Les crimes des rois n'auraient pas été
aux yeux des peuples un motif suffisant pour
les détrôner; et à la voix d'un pape, ils auraient arraché la couronne à Robert, parce
qu'il avait épousé sa parente. Ce prince se
rend enfin; il répudie l'innocente, la malheureuse Berthe. Son obéissance coûta cher
à lui et au peuple.

Libre de contracter de nouveaux nœuds,
Robert fit choix de Constance, fille de Guillaume, comte d'Arles, et l'épousa en 998;
c'était un autre Judith, fière, sans règle et
sans frein; livrée à toute les passions qu'entretient l'autorité quand elle ne les fait pas
naître, elle gouverna despotiquement son
mari, sa maison, ses enfans, tout ce qui eut
le malheur de l'approcher, et enfin la nation
même. La cour de Robert, grave et décente,
du temps de la reine Berthe, devint tout à
coup bruyante; on y fit régner les plaisirs,
un luxe effréné, les festins, les danses, les
jeux de toute espèce: on y vit changer chaque
jour de ton, d'usage et de ridicule. De ce
temps, sans doute, date cette mobilité de
caprice, cette métamorphose presque jour-
nalière d'habits, de bijoux, de harnachemens
de chevaux qu'on a appelée depuis la mode.
Lorsque Constance avait décidé d'une forme

ou d'une couleur, ce décret du caprice était une loi que personne n'eût osé enfreindre tant qu'elle durait, c'est-à-dire vingt-quatre heures environ *.

Ce fut Constance qui, la première, amena en France des poètes provençaux, c'est-à-dire ces premiers troubadours qui, donnant à la fois des leçons de poésie et d'amour, rendirent les mœurs plus douces, mais non plus chastes.

Robert fut littéralement l'esclave de la reine; l'abnégation qu'il lui montrait était poussée jusqu'à la lâcheté. Hugues de Beauvais était le premier ministre et l'ami de ce prince, qui souvent se consolait avec lui des chagrins que lui causait cette femme altière. Elle le regardait comme un censeur incommode, et le soupçonnait d'engager son mari à modérer pour elle ses complaisances imbéciles. Quelquefois en effet il obtenait du roi de jouer le rôle d'un homme, et non celui d'un enfant docile et soumis.

La haine de Constance s'en accrut à tel point que, ne connaissant point de bornes à ses désirs, elle jura sa perte, et s'adressa secrètement à

* On est frappé, en rapprochant le commencement du 11e siècle de la fin du 18e, de trouver tant de ressemblance dans les physionomies à huit cents ans de distance. Le palais de Robert, c'est presque le voluptueux Versailles; Constance, c'est Marie-Antoinette de si fatale mémoire.

Foulques, comte d'Anjou, son oncle, homme farouche, en le priant de l'aider à se défaire de ce dangereux ministre. L'exécution de ce projet, auquel Foulques accéda, offrait de grandes difficultés ; Hugues était presque toujours au palais auprès du roi, et environné de domestiques et de courtisans. Mais Constance n'était pas femme à renoncer à son dessein ; voyant que les moyens imaginés par la ruse, seraient d'une exécution trop lente, elle résolut d'en finir tout d'un coup par un trait d'audace. En effet, Hugues de Beauvais fut frappé un matin dans la chambre même du roi, et si près de lui que le sang de son ministre rejaillit sur lui et l'aveugla...... Cette dernière circonstance donna le temps à l'assassin de s'évader, et Constance ayant demandé qu'il ne fût point recherché, Robert se contenta de pleurer son ami.

De quatre fils dont Constance était mère, elle n'avait de tendresse que pour Robert, le troisième, et sa plus forte haine tombait sur l'aîné de tous.

Lorsque le roi, en 1017, l'associa à l'empire, Constance refusa de lui accorder le plus léger revenu ; par l'ordre de cette indigne mère, il fut privé des choses les plus nécessaires à la vie. Enfin las de tant de misère et de persécutions, ce jeune prince s'exila de la cour; sans argent, sans crédit, il erra pendant quelque temps dans les états

de son père, ainsi qu'un vagabond, un obscur aventurier, et comme tel fut mis dans
les prisons du château de Belesme où Guillaume, comte du Perche, le fit enfermer
pour quelque action indigne, à laquelle la
nécessité l'avait forcé.

Peu de temps après, ce rejeton d'une tige
royale mourut, en 1026, de douleur et de
privations.

L'audacieuse Constance voulut alors, à
tout prix, faire couronner Robert, au détri-
ment de Henri, son aîné ; d'abord elle
tenta par ses fureurs, d'intimider le roi,
ses emportemens ne purent néanmoins
le déterminer à intervertir l'ordre de la
succession. La reine cherche ensuite à
former un parti au jeune Robert, son fils
bien-aimé : la trahison, la guerre civile,
les séductions pécuniaires ; rien ne fut oublié par elle, et rien ne réussit. Robert
lui-même était outré des intrigues de sa mère ;
il jura à son frère que jamais il ne se prête-
rait à le dépouiller. Ces deux princes, tour-
mentés chaque jour par des motifs diffé-
rens, et ne pouvant vivre auprès d'elle, finirent par quitter la cour. Henri s'empara de
Dreux, et Robert, d'Avalon et de Beaune ;
mais ils n'étaient pas du nombre des criminels, ni des rebelles, et dès qu'ils surent que
leur père marchait contre eux, ils se rendirent et lui demandèrent pardon d'une faute
dont il connaissait les motifs.

L'intolérance ne pouvait manquer au caractère d'une femme telle que Constance ; aussi s'empressa-t-elle de persécuter les hérétiques. Un chanoine d'Orléans, nommé Etienne, et qui était son confesseur, fut accusé de manichéisme. Robert, à l'instigation de sa femme, fit juger ce chanoine et ses sectaires, en 1019, avec la plus grande rigueur. Constance fut présente lorsqu'on les condamna au supplice ; et en sortant de l'église, cette femme barbare, insultant aux derniers momens d'un malheureux, s'avança vers Etienne avec un mouvement de fureur, et en l'accablant d'injures, lui creva les yeux avec une baguette qu'elle tenait à la main. Non contente de cet acte de violence, elle poussa la cruauté jusqu'à soutenir la vue de leur supplice. Et quel supplice ? grand Dieu ! Ils furent enfermés dans une chaumière autour de laquelle on mit le feu.

Après la mort du roi Robert, Constance excita la désunion entre ses enfans ; mais ce fut pour elle un plaisir de courte durée. Foulques d'Anjou, qui se repentait d'avoir aidé sa nièce à commettre son premier crime, parvint à museler cette tigresse ; la paix se rétablit en France, et Henri succéda à son père.

La rage de n'avoir pu réussir à brouiller les deux frères, et le chagrin de mener une vie oisive, la firent tomber malade à Melun, où elle mourut en 1032, un an après son mari.

3*

BERTRADE,

Bertrade, comtesse de Montfort, la femme la plus belle et la plus aimable de son temps, qu'on accusa de sortilége, pour expliquer l'empire qu'elle savait acquérir et conserver sur le cœur des hommes, avait épousé Foulques, le *rechigné*, comte d'Anjou, prince très-laid, très-vieux et peu aimable. Un semblable mari ne pouvait convenir à une femme telle que nous l'a peinte Suger, abbé de Saint-Denis. Peu flattée d'une telle alliance, la belle Bertrade entendait chaque jour vanter les plaisirs de la cour de France, sous un roi voluptueux.

Philippe I⁻r avait déjà fait plus d'une infidélité à son épouse Berthe, mais aucun des objets qu'il lui avait préférés n'avait pu le fixer. Bertrade, mariée au comte d'Anjou, déjà mère d'un fils, conçut le projet de devenir reine de France. Elle donna toutes les apparences d'une intrigue romanesque à son projet ambitieux. De secrètes avances faites à Philippe, sous un nom inconnu, ensuite dévoilé par degrés, enflammèrent la curiosité d'un jeune homme enclin à l'amour. Enfin on se donna un rendez-vous la veille de la Pentecôte, en 1092, dans la ville de Tours; on eut un entretien; sans doute il fut déci-

sif ; car la nouvelle maîtresse de Philippe ne
retourna point au château de Foulques ; elle
sortit de Tours sous la conduite d'un gentilhomme français, remonta la Loire jusqu'à.
Meun, d'où elle se rendit à Orléans avec une
escorte que le roi lui avait envoyée.

Philippe s'était engagé à conduire Bertrade à l'autel ; mais elle et lui étaient mariés.
De plus, la comtesse appartenait aux maisons
régnantes de France et d'Angleterre ; conséquemment elle était parenté de son royal
amant. Comment parvenir au double divorce
qu'il s'agissait de faire prononcer? Comment
surtout obtenir l'approbation de Rome pour
la conclusion d'un nouvel hymen? Bertrade
rendit la justice flexible ; le mariage fut cassé.
Quant à Philippe, il fallut recourir à une intrigue compliquée , dont la réussite devait
être lente..... La mort de la reine Berthe ,
arrivée en 1093, dispensa d'en attendre le
terme, et Philippe crut être libre. Cependant
restait encore le terrible obstacle de la parenté ; l'Église était inflexible sur ce point.
Elle s'opposa au mariage qui, nonobstant ce
veto, fut célébré en 1094, par l'évêque de
Bayeux, à qui Philippe fit don de quelque
bénéfice. L'évêque de Chartres fut moins docile ; il alluma les feux de la guerre religieuse
contre le roi et sa femme. Philippe le déclara
déchu de sa qualité de fidèle, abandonna ses
terres au pillage, et le fit citer au concile de
Reims. Ainsi voilà des terres dévastées , des

chaumières et des maisons en proie aux flammes, de paisibles agriculteurs ruinés, la
pudeur des filles et des femmes violée, pour
satisfaire la passion d'une femme ambitieuse
et galante et d'une mauvaise mère.

Cette guerre prit un aspect effrayant: Bertrade avait attiré dans le parti du roi plusieurs prélats, auxquels se joignirent quelques seigneurs.

Cette levée de boucliers contre le Saint-
Siége, obligea les légats à quitter la France;
mais bientôt les foudres d'excommunication
frappèrent le roi, la reine et les seigneurs
armés contre le pape. La révolte de plusieurs
des grands vassaux de la couronne, vint encore accroître les malheurs de la France:
Philippe fut obligé de marcher contre eux ; et
Bertrade, tranquille au sein de la mollesse et
des plaisirs, voyait d'un œil serein la moitié
de la France armée contre l'autre moitié,
pour soutenir un mariage qu'elle ne respectait plus.

La mollesse d'une vie sensuelle n'adoucit
pas le cœur des femmes ; elles deviennent fé-
roces à mesure qu'elles s'enfoncent dans le
vice ; celle-ci avait des enfans de Philippe.
Ce monarque avait associé à l'empire Louis,
son fils aîné. Cet enfant de Berthe, plaisait
aux Français par son courage et des qualités
brillantes ; mais il déplaisait à Bertrade,
parce qu'il éloignait du trône l'aîné de ses
fils.

Lorsque la paix fut rétablie en France, Louis sollicita de son père la permission de visiter l'Angleterre, où régnait alors Henri, fils de Guillaume-le-Conquérant. Le prince obtint la permission de passer l'Océan. A peine fut-il arrivé à la cour de Londres, que Henri reçut une lettre scellée des armes de Philippe, portant l'invitation de faire mourir l'héritier de la couronne de France, ou de le retenir prisonnier. Le monarque anglais n'était pas fort scrupuleux ; il respectait peu les lois de l'hospitalité, et son caractère était plus féroce que compatissant. Cependant il conçut quelque soupçon sur l'invitation de Philippe. Ayant entendu parler vaguement de la haine de Bertrade pour le fils de Berthe, il se décida à montrer la dépêche à son hôte. Celui-ci, sans perdre un moment, arrive à Paris, et se jetant aux pieds du roi, il lui dit qu'il lui apporte la tête criminelle qu'il a condamnée. Philippe étonné, relève son fils, lui jure qu'il ne lui reproche rien, l'embrasse, lui demande l'explication de ce mystère qu'il ne peut concevoir; la vérité se découvre; mais trop faible, trop épris encore de la reine pour la punir, Philippe, non-seulement ne sévit point contre elle, il conjure encore son fils de renoncer au projet qu'il annonçait hautement de faire lui-même justice de son ennemie.

Peu de jours après cette scène, Louis sentit ses entrailles déchirées par un feu dévorant. Les médecins, séduits par la reine, attribuèrent ce mal à la fatigue du voyage ; un vieux domestique du prince devina l'affreux secret, et lui fit prendre un contre-poison qui le sauva.

La fureur de Louis s'accrut; il voulait punir sa marâtre de ce second attentat; mais Philippe, assez lâche, assez imprévoyant pour endurer auprès de lui une femme aussi scélérate, se contenta d'éloigner son fils, en lui faisant un apanage du Vexin français. La reine continua à se livrer à tous les excès de la débauche sous les yeux de son époux, et l'amour de ce monarque sembla s'accroître avec l'impudeur de sa femme.

On accusa encore Bertrade de la mort de Geoffroy Martel, et d'Ermentrude sa première femme.

Enfin cette furie en cornette, après la mort de Philippe I⁰ʳ, arrivée en 1108, se retira au couvent de Hautes-Bruyères près Chartres, où elle passa le reste de sa vie. Les prêtres l'avaient haïe reine; recluse, ils la flattèrent et la recueillirent, parce qu'elle les enrichit.

Il est avec le ciel des accommodemens !

ÉLÉONORE DE GUYENNE,

Femme de Louis VII.

Éléonore était fille unique de Guillaume X, duc de Guyenne et comte de Poitou : ce duc, au lit de la mort, en 1136, institua le jeune Louis VII son héritier, aux conditions qu'il épouserait sa fille. Louis VI, qui lui-même touchait à sa fin, accepta le don de Guillaume avec joie, et envoya son fils pour recevoir lui-même, avec sa femme, le serment de ses nouveaux sujets.

Éléonore avait seize ans ; elle était belle, vive, enjouée, mais légère. L'amour qu'elle témoigna à son mari, dura peu ; fière et ambitieuse, elle crut ne s'être mariée que pour gouverner et jouir en liberté de tous les plaisirs.

Après la mort du vieux duc de Guyenne, arrivée en 1137, les époux vinrent à la cour de France. L'abbé Suger était alors premier ministre de Louis VI. Ce vieillard déplut à la princesse royale ; Éléonore ne trouvant pas le champ libre à toutes ses volontés, éprouva quelquefois des chagrins par suite de cette contrainte.

Cependant on ne remarqua pas entre les deux époux une extrême mésintelligence ; elle commença à se manifester au moment où Louis VII fut atteint de la fièvre des croisades. Eléonore, dans le but d'échapper à la surveillance du ministre, déclara qu'elle voulait suivre son époux en Orient.

Louis, battu d'abord en Syrie, arriva péniblement jusqu'à Antioche, où Raimond, oncle d'Eléonore, loin de lui donner des secours, lui en demanda pour lui-même. Raimond sut plaire à la reine, et leur commerce incestueux ne fut pas ignoré du roi.

Eléonore trouva bientôt qu'un amant ne suffisait pas. Un jeune turc, nommé Saladin, inspira une très-vive passion à cette princesse; elle en avait reçu des présens, et se comporta en véritable prostituée.

Cependant quelques officiers de Louis VII osèrent l'avertir des désordres de la reine; il proposa à celle-ci de partir, mais elle s'y refusa, prétendant *qu'elle n'avait épousé en lui qu'un moine et non pas un mari*. Louis, usant alors de ruse, partit seul d'Antioche, et fit enlever sa femme de vive force par une troupe de soldats.

Raimond, irrité du départ inattendu de sa nièce, tendit, de concert avec elle des piéges à Louis VII; il y eût infailliblement succombé sans le secours de Roger qui le recueillit en Sicile, et l'aida à regagner ses états, où il arriva en 1150, défait et *cocu*.

Les dédains, les plaintes, la hauteur de la reine, joints à une conduite infâme, fatiguèrent tellement le monarque français qu'il résolut de s'en séparer. Il sut se respec-

ter en prenant ce parti. Ce fut sous le prétexte de parenté, au degré défendu, qu'il se
fit demander à lui-même le divorce, par
quelques-uns des alliés de la couronne. Il
répondit qu'il ne prétendait pas la retenir
contre la volonté de Dieu et la loi de l'Eglise.

En conséquence, on assembla un concile
à Beaugency; la sentence du divorce fut prononcée, Eléonore renvoyée et la Guyenne
perdue. Elle épousa peu après le duc de
Normandie, depuis roi d'Angleterre, à qui
elle ne fut pas plus fidèle qu'elle ne l'avait
été au roi de France.

BLANCHE DE CASTILLE,

Femme de Louis VIII.

Blanche, fille d'Alphonse IX, roi de Castille, épousa Louis VIII, en 1200, c'est-à-
dire lorsque Philippe-Auguste, père de son
mari, régnait encore sur la France. Pendant
la vie de son beau-père, cette princesse paraît ne s'être mêlée d'aucune affaire publique,
ni même pendant les trois années du règne
de son mari, qui monta sur le trône en 1223,
mourut en 1226, et la laissa veuve à 39 ans,
chargée de l'éducation de cinq enfans, dont
l'aîné Louis IX, plus connu sous le nom de
saint Louis, par la grâce du clergé, était
âgé seulement de douze ans. Elle avait été
nommée régente par le roi mourant.

II. 4

Cette princesse, pendant la minorité de son fils, résista avec fermeté aux exigences des seigneurs et des grands vassaux de la couronne. Ces petits tyrans, qui croyaient leurs droits usurpés, parce qu'on les empêchait de fouler le peuple, refusèrent, sous divers prétextes, d'assister au sacre du jeune roi.

Le seul Thibaut, comte de Champagne, s'était mis en route pour l'intronisation de Louis IX ; ce prince avait été long-temps épris des charmes de Blanche, et on peut soupçonner que cette flamme n'était pas restée sans réciprocité ; mais la régente se rappela dans cette circonstance que le comte avait été accusé d'avoir empoisonné Louis VIII au siége d'Avignon ; en conséquence il fut contre-mandé.

Thibaut, irrité de cette défense, dit hautement que Blanche ne le traitait si mal que par l'effet d'un sentiment plus doux pour un autre. Poussé par sa jalousie, il se ligua contre le roi de France avec les comtes de Bretagne et de la Marche ; ainsi la galanterie réelle ou supposée d'une femme, alluma donc encore la guerre ; le sang coula pour de frivoles soupirs.

Dès l'année 1227 à l'année 1250, la régente fit la guerre aux malheureux Albigeois ; la religion en fut la cause ; ces infortunés, pour avoir prié Dieu en d'autres termes, avec d'autres rites que ceux de leurs concitoyens, virent alors leurs habitations dévastées, les arbres de leurs vergers déracinés, leurs moissons brûlées, leurs puits empoisonnés..... Le délire farouche du soldat fut poussé à un tel point que des femmes déjà massacrées, assouvirent sa brutalité, et qu'il porta l'horrible souillure dans leurs flancs glacés par la mort.....

La régente et le roi mineur ne s'en tinrent pas à ces actes qu'ils appelaient *religieux*; les juifs furent à leur tour cruellement persécutés. L'infamie, l'esclavage, le mépris public leur furent infligés, pour leur religion; et la pauvreté devenait leur partage, s'ils cessaient d'être infâmes.

Blanche était dévote, et Blanche avait fait de son fils un bigot, ce qui presque toujours produit un monarque imbécile et nul. Ce roi, canonisé, l'un des plus mauvais qu'ait eus la nation, avait déjà dix-neuf ans, lorsqu'il plut à sa mère de le marier.

En 1234, Louis épousa Marguerite, fille aînée du comte de Provence; mais l'impérieuse Blanche ne lui remit pas pour cela les rènes de l'empire. Le roi ne fut pas même le maître de sa propre conduite; il ne pouvait voir sa femme qu'à de certaines heures et en présence de sa mère.

Sous la régence de cette castillane, le poids des impôts ne fut point allégé; aucune voie ne fut ouverte au commerce et à l'industrie. On ne compte pendant tout ce règne que des ordonnances iniques ou inutiles, que des édits insignifians, tyranniques ou spoliateurs. Blanche et son fils régnèrent pour eux, pour leur cour insolente et avide, et ne s'occupèrent, du reste, qu'à bâtir des églises, fonder des monastères, faire pulluler la race inutile des moines, afin d'obtenir des prières et des indulgences.

Lorsque Louis IX passa en terre sainte, la régence fut conférée à Blanche avec les pouvoirs les plus étendus. Passant sur cette malheureuse croisade, disons que deux croisés, de retour en France après ce grand désastre furent pendus par ordre de la régente; acte de férocité jusqu'alors sans exemple.

Lorsque Blanche, couverte de crimes nationaux, tomba malade à Melun, elle se fit transporter à Paris; là, elle donna la dernière scène théâtrale de sa vie; elle manda l'abbesse de Maubuisson, monastère fondé par elle près de Pontoise, fit profession entre ses mains, prit le voile, se fit mettre sur un lit de paille, couvert de serge, et mourut le 26 novembre 1252, en habit de religieuse, et cependant la couronne d'or sur la tête !

ISABEAU DE BAVIÈRE,

Femme de Charles VI.

Isabeau, fille d'Etienne II, duc de Bavière, vint en France à l'âge de quatorze ans, et fut mariée à Charles VI le 17 juillet 1385.

A cette époque ce roi frénétique avait déjà donné des signes de faiblesse et d'imbécillité : Isabeau parut faire quelque temps diversion à la sombre mélancolie de Charles. Le commerce qu'il eut avec cette jeune princesse ne fit qu'accroître sa folie naissante ; il consolida ainsi le pouvoir divisé que Charles V avait confié en mourant à Charles d'Anjou régent, et aux ducs de Bourbon et de Bourgogne, tuteurs de Charles VI.

En 1389, le royaume était ruiné par de longues guerres ; mais le roi voulut qu'Isabeau fût couronnée avec une magnificence inconnue dans ces temps de calamités et de misère. Dans les fêtes et mascarades qui eurent lieu à ce sujet, on s'y livra à des débauches de toute espèce, et c'est de cette suite d'orgies qu'il faut dater la liaison de la reine avec le duc d'Orléans son beau-frère, et le déshonneur du roi consommé par son impudique compagne.

Les malheurs de la nation furent alors portés au comble par l'intrigue incestueuse de la reine et de son beau-frère, qui, pour satisfaire aux caprices de cette femme débauchée, imaginait tous les jours de nouvelles taxes ; et les faisait percevoir à la pointe de la lance.

On attribue aux intrigues adultères de l'impure Isabeau l'incendie du palais qui

4*

éclata pendant une mascarade; Charles VI échappa aux flammes, mais sa raison disparut à jamais, et la reine, satisfaite de régner seule, se consola de n'avoir pu brûler son mari. Il est inutile de dire que le règne d'Isabeau fut celui de son amant. Une femme libertine ne sait pas refuser le pouvoir à l'homme qui l'enivre de plaisir.

Les débauches de la cour devinrent plus désordonnées et plus révoltantes. La fureur de la chasse s'empara de toutes les têtes; les femmes même s'y livrèrent avec un emportement digne de la cour de Messaline, et c'était au milieu des orgies les plus crapuleuses que se prenaient les résolutions les plus atroces, et que se préparaient les projets les plus sanguinaires. Comme il n'y avait point alors de spectacles, le passe-temps le plus paisible de la reine et de toutes ces femmes perdues, était d'assister le dimanche à l'exécution des criminels.

Les accès de la maladie du roi devenaient plus fréquens ; l'indigne reine ne voulant plus supporter les embrassemens du frénétique Charles VI, fit venir un matin dans son boudoir une jeune fille, nommée Odette de Champdivers, fille d'un marchand de chevaux. « Approche, mon enfant, » lui dit-elle en l'attirant près du lit de repos sur lequel elle était assise: puis, ayant relevé ses jupons d'une main hardie, elle continua : « Bon ! tu n'es pas vierge, c'est ce qu'il me

» faut..,. Je te fais maîtresse du roi, et je
» me charge de ta fortune. » La pauvre enfant voulut répliquer. « — Silence ! reprit
» Isabeau, ne sais-tu pas que ta vie dépend
» de ta soumission?.....De quoi pourrais-tu
» te plaindre? Je ne te demande, pour prix
» des bienfaits dont je veux te combler, que
» de rares complaisances pour des éclairs de
» désirs qui me font pitié.... Le reste de ta
» vie t'appartiendra, et tu pourras ici, tout
» à ton aise, continuer les heureux passe-
» temps que tu as commencés.... »

Odette de Champdivers se résigna, et
augmenta le nombre des femmes dissolues
de la cour.

Jamais les malheurs de la France n'a-
vaient encore été portés au point où ils le
furent quand la reine et son favori dirigè-
rent à leur gré le timon de l'état. De nouveaux receveurs des aides décidaient arbi-
trairement de tout ce qui avait rapport à
l'administration des finances : tous les fonctionnaires, même ceux de l'ordre judiciaire,
leur étaient soumis ; les recettes ou dépenses
générales et particulières ne se faisaient que
par leurs ordres. Ainsi, les deniers publics
se levaient, se recevaient, se dépensaient au
gré des caprices de la reine et de son favori;
les désordres devinrent effrayans, et, qui
pis est, devinrent impénétrables.

On entendit un matin publier à son de
trompe un *impôt général*, et cela en temps

de paix, et lorsque les peuples devaient s'attendre à quelque soulagement. L'édit fiscal dont il s'agit fut le signal d'un soulèvement général que la reine ne put conjurer en retirant cet édit. Le duc de Bourgogne, dès long-temps irrité contre Isabeau, organisa secrétement la rébellion, et la dirigea contre le pouvoir de ce couple impur.

Isabeau étendit dès lors un sceptre de fer sur la France; on vit à la cour un genre d'indignités encore inconnu: se défiant de tous les seigneurs qui l'approchaient, les haïssant même, la reine ne leur en accordait pas moins ses faveurs; souvent elle fit périr par le glaive, ou par le fer des assassins, un homme sortant de ses bras, et qu'elle n'y avait reçu que pour mieux éloigner de lui le soupçon.

Au milieu des dissensions des ducs d'Orléans et de Bourgogne, ce dernier alla jusqu'à dévoiler au roi l'infâme conduite de la reine. Ce misérable prince savait bien lui-même jusqu'où allaient pour lui le mépris et la négligence de cette femme impie; elle s'acquittait si cruellement de la garde qui lui était confiée que Charles manquait non-seulement des soins nécessaires à son état, mais encore des besoins de la vie. Sa détresse allait même jusqu'à l'indécence, même dans l'état d'un simple citoyen dont la fortune aurait été resserrée; les enfans de cette bar-

bare marâtre n'étaient pas mieux entrete-
nus.

Par suite d'une guerre civile un moment
apaisée, le maniement des affaires avait été
remis au duc de Bourgogne, qui fut de courte
durée. Cependant, en 1402, le parti de ce
duc se trouva assez fort pour opposer une
digue aux fureurs de la reine ; l'étendard de
la révolte fut relevé ; on allait en venir aux
mains quand la perfide Isabeau, craignant
de succomber, déposa la fierté qu'elle avait
toujours montrée à l'oncle du roi, l'enlaça
un moment dans ses bras incestueux, et lui
arracha la promesse de se réconcilier avec le
duc d'Orléans. Les deux princes s'embras-
sèrent en effet.

En 1404 mourut le duc de Bourgogne, laissant Jean-sans-Peur, son fils, beaucoup
plus intraitable que son père. Tout à coup,
au milieu des bruyantes orgies d'une nuit de
débauche, on apprend que ce prince approche de Paris avec des troupes nombreuses.
Aussitôt le duc d'Orléans prend la fuite
avec l'impudique Isabeau. Le duc de Bourgogne entre dans la capitale où il fut reçu à
bras ouverts.

Le malheureux Charles VI avait été abandonné dans son palais ; Jean-sans-Peur l'y
trouva livré à toutes les privations ; depuis
cinq mois on ne l'avait point changé de
draps ; ses chairs, corrompues par la saleté
de son linge et par le séjour de ses excré-

mens, tombaient en lambeaux, dévorées par la gangrène et la vermine.

Ici commence une suite déplorable de guerres entre l'infâme Isabeau et le duc de Bourgogne. Il serait trop affligeant d'avoir à signaler les incendies, les massacres, les vols, les pillages auxquels se livrèrent les deux partis; bornons-nous à dire que le duc d'Orléans trouva la mort dans cette succession de troubles; il mourut frappé, presque dans les bras de la reine, par les satellites du duc de Bourgogne.

Passant sur les désastres de la bataille d'Azincour, le dauphin, qui avait échappé au massacre de cette journée, ne put se garantir du poison que l'on soupçonna sa mère de lui avoir donné. Un second dauphin expira l'année suivante du même mal, et sans doute frappé par la même main.

Charles, dernier fils d'Isabeau, qui régna depuis sous le nom de Charles VII, sut se soustraire à l'ennemi mystérieux qui avait précipité ses deux frères dans la tombe.

Depuis la mort de son premier favori, le duc d'Orléans, la reine lui avait donné pour successeur un gentilhomme nommé Bois-Bourdon. Vincennes était le théâtre où Isabeau célébrait ses orgies, et se livrait aux embrassemens de ce second favori.

Un soir que Charles savait la moderne Messaline dans les fureurs d'une orgie, il amène le roi, son père, qui avait recouvré un instant sa raison, à Vincennes ; les deux princes, pénétrant dans le lieu des secrètes débauches de la reine, surprirent Isabeau au moment où elle entraînait, en chancelant, Bois-Bourdon sur un lit de repos. Le favori fut arrêté dans l'instant, mis à la question le soir même, et dans la nuit, précipité dans la Seine, lié dans un sac de cuir, sur lequel une froide barbarie avait écrit ces mots horribles : *Laissez passer la justice du roi.*

Isabeau fut reléguée à Tour sous une sévère garde ; le dauphin et d'Armagnac se saisirent des trésors qu'elle avait amassés et déposés dans la tour de Vincennes. Cette furie ne resta pas long-temps dans son exil ; ayant fait faire des propositions à Jean-sans-Peur, celui-ci l'enleva de Tours, et la conduisit à Troyes, où elle créa un parlement, prit le titre de reine, *par la grâce de Dieu,* et donna des édits en son propre nom. Là, elle combina ses projets de vengeance conçus depuis long-temps, et jamais abandonnés ; et, en 1418, on vit dans les murs de Paris un massacre si horrible, que la Saint-Barthélemi seule a pu le faire oublier ; les portes furent livrées au duc de Bourgogne et à toute sa faction, qui exercèrent leurs fureurs sur les Armagnac. Le pillage était joint à ces horreurs ; plus de quatre mille hommes périrent.

La reine ayant appris la réussite de son projet, quitta Troyes, et fit son entrée dans

Paris sur un char magnifique. Elle descendit à l'hôtel Saint-Paul où l'imbécille Charles VI la reçut comme une femme chérie. »

Le dauphin avait été soustrait au massacre de juin par le duc de Bourgogne, car Isabeau ne l'avait pas excepté dans ses ordres sanguinaires ; il fut conduit secrètement à Melun, et, trop faible pour s'opposer à la reine, il s'y tint caché.

Bientôt, feignant de vouloir traiter avec le duc de Bourgogne, il l'appelle à Montereau et le fait assassiner sous ses yeux, mais en se dérobant à ceux de sa victime sous un pan de tapisserie.

En apprenant cet attentat, la rage d'Isabeau alla jusqu'au délire. Devenue plus calme, elle appela Philippe de Charolais, fils aîné du duc de Bourgogne, assassiné par le dauphin... Il succéda à son père dans la confiance et dans le lit de cette infernale princesse; et tous deux d'accord se décidèrent à livrer le royaume à Henri V, roi d'Angleterre. Isabeau offrit la couronne de France à ce monarque Anglais avec la main de Catherine sa fille.

Henri accepta l'un et l'autre, et le 11 mai 1420, le royaume de l'imbécile Charles VI fut remis, en son nom, à l'étranger. La régence de l'état fut déférée à Henri V, à qui tous les ordres de l'état durent prêter serment de fidélité.

Après avoir achevé de ruiner la France,

Henri V retourna en Angleterre avec sa femme, laissant Henri VI et Isabeau de Bavière confinés à l'hôtel de Saint-Paul avec une garde anglaise; mais bientôt Henri V mourut le 31 août; Charles VI finit sa misérable vie le 21 octobre suivant. Ce fut alors que Charles VII se vit solennellement dépouillé; des hérauts proclamèrent Henri VI, prince âgé de six ans, comme successeur de Charles VI.

Isabeau se flattait de ressaisir le pouvoir absolu au nom de son petit-fils, et d'achever la ruine de Charles VII. Mais cet espoir fut trompé; le duc de Bedfort obtint la régence du royaume, et le pouvoir de cette impudique Messaline fut à jamais anéanti. Elle ne trouva dans sa vieillesse ni un ami, ni même un serviteur fidèle. Enfin, abreuvée d'outrages, cette femme, la honte de son sexe, après dix ans d'une existence remplie d'humiliations trop méritées, mais trop douces encore, mourut en 1335, dévorée par le chagrin que lui causaient les victoires de son fils.

Une vieille femme de sa cuisine recueillit ses derniers soupirs; son cercueil, enveloppé d'une serge grossière, fut placé mystérieusement dans un petit batelet qui le descendit jusqu'à Saint-Denis. La sépulture de nos rois reçut ce tribut infâme et déshonorant.

ANNE DE BEAUJEU,

Fille de Louis XI.

Anne de Beaujeu, fille du Néron français, et sœur aînée de Charles VIII, ayant obtenu la régence du royaume en 1483, gouverna long-temps avec une politique aussi subtile, mais beaucoup moins cruelle que celle de son père. Après la mort de ce tyran, elle eut à supporter la rivalité des ducs d'Orléans et de Bourbon, le premier frère et l'autre oncle de Charles VIII. Ces deux princes entreprirent de l'emporter sur elle. Au lieu de repousser avec hauteur les prétentions de ses deux adversaires, elle les combla de bienfaits, et leur donna les premières charges de l'état.

Les deux princes ne pouvant vaincre leur ennemie à force ouverte, imaginèrent de demander à grands cris l'assemblée des états-généraux. Anne de Beaujeu frémit à cette proposition ; ces états pouvaient briser l'espèce de sceptre que lui avait remis son père ; toutefois la régente était trop adroite pour céder sans combattre. Sentant qu'elle tenterait en vain d'empêcher la réunion dont elle était menacée, voici les moyens qu'elle employa pour se soustraire à leur influence. Elle fit d'elle-même en faveur du peuple, tout ce que le peuple aurait pu exiger des états-généraux ; elle le soulagea de la foule d'impôts désastreux dont Louis XI l'avait écrasé ; elle rendit la liberté à tous les accusés qui languissaient dans les fers , victimes des soupçons du tyran. L'habile régente alla jusqu'à faire rendre aux condamnés les biens qu'on avait confisqués sur eux.

Anne conquit ainsi l'approbation générale ; on pensa que nulle autorité publique ne ferait plus de bien que cette princesse ; et lorsque les états-généraux s'assemblèrent en 1484 , ceux-là même qui les avaient demandés avec le plus d'ardeur , ne les croyaient plus nécessaires. L'assemblée se passa en longs discours ; les états firent quelques réglemens qu'on ne suivit point ; ils indiquèrent des réformes auxquelles on n'eut point d'égards ; et l'on se sépara après avoir adressé force complimens à madame de Beaujeu , qui se moqua en arrière de la bonhomie des notables.

Cependant la fille de Louis XI avait caché un profond ressentiment contre le duc d'Orléans ; ressentiment qui dans les femmes se pardonne rarement. On dit que sensible à sa jeunesse et à sa bonne mine , elle lui avait montré des dispositions très-favorables , et que le duc avait dédaigné l'offre de ses faveurs.

La vindicative fille de Louis XI fit bientôt succéder à ses avances rejetées les dédains et les affronts personnels. Le duc ne lui épargna pas les marques de mépris, et devint l'ennemi irréconciliable de la princesse ; il eut même un soir, dans l'appartement du roi, une scène des plus vives avec elle. et outré de sa hauteur insultante, il se servit d'une expression si grossière, que dès le lendemain ce prince dut quitter la cour. Il se retira auprès du duc d'Alençon, qu'il décida bientôt à marcher contre Charles VIII ; et le sang des Français coula parce que le duc d'Orléans n'avait pas voulu se rendre aux désirs libertins d'Anne de Beaujeu.

Après quelques hostilités, Anne offrit au révolté son pardon ; il le refusa, et peu de temps après le sort des armes l'obligea à solliciter la clémence de la régente, et Louis d'Orléans reparut à la cour.

Il se brouilla de nouveau avec Anne, et profitant des intrigues qui régnaient alors dans le duché de Bretagne, il entra en relations avec Landais, favori du prince de cette contrée, et conçut avec lui un nouveau plan de guerre contre la France. La fortune fut aussi contraire au duc d'Orléans dans cette tentative que dans la première. On se saisit de lui, et la vindicative Anne de Beaujeu le retint long-temps prisonnier.

Dans ce temps une foule de princes prétendaient à la main d'Anne de Bretagne : anglais, allemands, français furent déçus dans leurs espérances ; Anne de Beaujeu, encore régente, quoique le roi fût majeur,

obtint la riche héritière pour Charles VIII,
au mépris des fiançailles de ce jeune prince
avec Marguerite d'Autriche. Dans cette circonstance, l'historien Philippe de Commines
éprouva la vengeance de cette femme. Irritée
de ce que ce conseiller lui avait remontré le
danger d'une rupture avec l'empire, elle le
fit conduire au château de Loches, où il fut
renfermé dans une cage de fer, cachot ima-
giné par la courtoisie du cardinal de la Balue,
pour plaire à Louis XI.

Lorsque Charles VIII entreprit la funeste
guerre d'Italie, Anne de Beaujeu exerça de
fait la régence que ce monarque avait confiée
à Anne de Bretagne sa femme. Elle profita
de cette autorité pour opprimer les peuples,
pour attiser le feu de la guerre étrangère,
afin de prolonger l'absence du roi, et vider
le trésor public pour ajouter aux richesses
énormes qu'elle avait acquises. Cette princesse mourut en 1500, après avoir régné sur
la France, car sa régence fut un véritable
règne; et c'est par ce motif que nous l'avons
classée parmi les reines.

ANNE DE BRETAGNE,

Femme de Charles VIII et de Louis XII.

Anne, fille de François II, duc de Bretagne, et femme de Charles VIII, porta sur
le trône de France une humeur hautaine, un

5*

caractère impérieux et vindicatif. Elevée en princesse, en fille de souverain, elle en eut tous les vices, hors un seul, elle ne fut point débauchée. Cette dame ne put développer entièrement son caractère qu'après la mort de Charles VIII.

Le seul acte de despotisme qu'elle se permit sous ce monarque, fut d'éloigner de la cour ce même duc d'Orléans, qui fut depuis Louis XII, son second mari.

Elle avait eu un fils de Charles VIII; ce fils mourut âgé de trois ans. Cette mort rapprochait le duc d'Orléans du trône d'un degré. Elle eut cependant assez de pouvoir pour éloigner de la cour ce même Louis XII, dont elle avait précédemment encouragé les soupirs, dans un temps où le ressentiment des princes devenait pour l'ordinaire un sujet de guerre civile. Le tort ou plutôt le crime de cette princesse s'aggrava, lorsqu'elle calomnia le duc d'Orléans auprès du roi, en lui insinuant qu'il travaillait contre les intérêts du trône dans son gouvernement de la Normandie. La vérité, c'est que le duc d'Orléans, qui avait été forcé de se retirer à Blois, s'y tint fort paisiblement.

A la mort de Charles VIII, Louis XII n'héritait pas seulement de l'empire; d'après les clauses de la réunion de la Bretagne à la France, la personne de la reine Anne devenait le partage du nouveau roi. Dans cette situation, la belle princesse et celui qui avait été jadis son amant, se réconcilièrent sans peine.

Louis XII fit rompre son mariage avec Jeanne de France, qui ne lui avait jamais donné aucun sujet de mécontentement. Ce fut le pape Alexandre Borgia, le plus infâme de ceux quiont porté la tiare, qui en prononça la nullité.

Anne, fort tranquille spectatrice de l'outrage préparé à Jeanne, sa belle-sœur, après vingt-quatre ans de mariage, profita de sa dépouille, sans honte et sans scrupule, et donna sa main au roi le 8 janvier 1499, à Nantes, où elle s'était retirée depuis la mort de Charles VIII.

Devenus époux, Louis XII et Anne de Bretagne eurent peu de ces jours enchanteurs qui suivent un hymen contracté sous les auspices de l'amour.

Ce prince tomba malade à Blois en 1505; la reine, incertaine sur la terminaison de la maladie du roi, faisait charger des bateaux de ce que la couronne avait de plus précieux, afin de le faire transporter en Bretagne; les bateaux descendirent même la Loire par provision; mais le maréchal de Gié, que la reine n'aimait point, et qui n'était point disposé à favoriser une spoliation, fit arrêter ce convoi entre Saumur et Nantes. A cette nouvelle la haine et la vengeance d'Anne ne connurent point de bornes. Quoique Gié fût le favori de Louis XII, elle pressa tant le monarque d'exiler le maréchal , que celui-ci, éloigné de la cour, se retira dans une terre près d'Angers. Mais implacable dans sa vengeance , la reine osa l'accuser de péculat, et fit traîner Gié d'Orléans à Chartres , de Chartres à Dreux et de Dreux à Paris , où après plusieurs procédures criminelles , le maréchal fut dépouillé de tous ses emplois, suspendu pendant cinq ans de de son grade, et la cour à lui interdite durant le même espace de temps.

Après la bataille de Ravenne , Louis était en 1512 maître de Rome et du pape Jules II. Anne , la dévote Anne, trahissant à la fois et la France et son mari , arracha à ce faible prince un traité scandaleux avec le pontife romain , et lui fit honteusement abandonner et ses alliés d'Italie qui l'avaient secouru d'hommes et d'argent, et l'objet pour lequel on avait sacrifié la vie et les biens d'une foule de Français, et levé partout des taxes onéreuses et vexatoires.

Anne porta l'amour du faste jusqu'au délire : ce fut la première femme de nos rois qui eut des gardes pour elle seule , des gentilshommes , des dames d'honneur , une maison particulière enfin.

Cette reine mourut âgée de trente-sept ans, à Blois , le 2 janvier 1514. Louis XII la regretta beaucoup ; mais les larmes de ce monarque furent promptement taries.

LOUISE DE SAVOIE,

Mère de François Ier.

Louise de Savoie, duchesse d'Angoulême, arriva aux affaires avec un ample cortége de vices. A la mort de Louis XII, François, duc d'Angoulême, devint roi, et partant aussi-tôt pour les sanglantes croisades d'Italie, il laissa la régence du royaume à sa mère.

Le premier usage que la duchesse d'An-goulême fit de son pouvoir fut d'appeler aux affaires deux de ses amans; le duc de Bour-bon, qui depuis long-temps lui avait inspiré une passion fort vive à laquelle il ne répondait pas, obtint la charge de connétable; et l'in-fâme Duprat, premier président du parlement de Paris, reçut l'office de chancelier, ou mi-nistre de la justice. Dans ce dernier elle ré-compensait la réciprocité amoureuse. Cet homme, capable de tous les crimes pour s'en-richir et augmenter son crédit, se prêta à toutes les exactions que la régente imagina pour remplir les coffres d'un jeune étourdi et d'une vieille avare. C'est à lui et aux deux tyrans mâle et femelle qu'on a dû la sublime invention de la vénalité des charges de judi-cature qui met la vie et la fortune des citoyens à des hommes qui, ayant acheté leur exis-tence, sont toujours occupés des moyens de la vendre.

Louise, non contente de cet indigne monopole, songea à augmenter les tailles. En effet, on imposa le peuple, de par la régence, et le peuple paya, parce qu'il ne connaissait ni sa force ni ses droits.

Ce fut aussi à l'avaricieuse Louise et à son infâme Duprat que la nation dut le trop fameux concordat, en vertu duquel des prêtres décimèrent si long-temps les richesses de la France au profit du saint-siège.

Tandis que François combattait en Italie, et sacrifiait chaque jour un hécatombe français, sa mère, cette misérable femme s'entendait avec les trésoriers de l'armée et les généraux pour rogner la paie du soldat et de l'officier. Bientôt on ne paya plus du tout les troupes, qui se mutinèrent d'abord et pillèrent les Italiens. Ceux-ci à bon droit se révoltèrent. On perdit par la désertion, la misère et les assassinats, l'élite des troupes ; ce qui amena la perte du Milanais.

Depuis 1515 jusqu'en 1522, l'administration des finances les conduisait à un épuisement total ; non contente de l'augmentation des tailles, la duchesse d'Angoulême, qui semblait s'être établie régente perpétuelle, avait cédé, vendu ou aliéné une partie des domaines de la couronne.

Semblançay, surintendant des finances, avait souvent fait à la mère du roi des représentations inutiles sur le faste, les dépenses superflues, les voyages perpétuels, les dons insensés, les pensions énormes, les grâces irréfléchies, les emprunts à la ville, la création des rentes perpétuelles ; elle ne servirent de rien. Louise continua ses brigandages.

Lautrec, revenu d'Italie après la ruine de notre armée dans ce pays, fut interrogé par François, qui lui demanda fièrement compte de sa conduite. Le général n'eut pas de peine à la justifier ; Semblançay n'en eut pas davantage à prouver son innocence. Il déclara que les sommes nécessaires à l'entretien des troupes du Milanais, avaient été remises à la régente ; elle essaya de nier le fait en déclarant que l'argent dont le surintendant prétendait parler, provenait du revenu de ses biens à elle, et non des deniers de l'Etat. Il produisit alors une quittance motivée de la duchesse. Cette preuve, par laquelle ce ministre crut se sauver, fut précisément ce qui le perdit. Louise l'accusa de faux et de péculat. Une commission dévouée à la princesse condamna au gibet l'innocent Semblançay.

Le connétable de Bourbon venait de perdre sa femme ; elle était héritière de biens immenses. A quarante-cinq ans, madame d'Angoulême, qui brûlait toujours d'une flamme ardente pour le connétable, crut que la mort de la femme de ce prince favoriserait son amour. Elle lui offrit sa main ; Bourbon, qui n'avait pas trente ans, la refusa. L'affront parut sanglant à cette coquette surannée. Elle jura de s'en venger. Aidée par le chancelier, elle commença par faire dépouiller Bourbon des honneurs attachés à la haute dignité de connétable. Quelqu'un que la duchesse avait mis dans le secret, remarquant combien Bourbon était sensible à cette perte, lui indiqua le moyen de recouvrer ses prérogatives et de plus grandes encore. « Non, » non, répondit le prince, cette femme *sans* » *équité et sans pudeur*, ne sera jamais la » mienne. »

Louise, informée de cette réponse, parvint, par la voie de la chicane, à faire séquestrer les biens de Bourbon, s'en prétendant elle-même héritière, comme descendante de Susanne de Bourbon.

Le connétable humilié et ruiné, quitta la France, et passa dans les rangs des ennemis de sa patrie. La bataille de Pavie, qui coûta tant de sang à la France, et à François Ier sa liberté, fut l'ouvrage du connétable de Bourbon, conséquemment de la lubricité de Louise de Savoie.

Après le retour de François Ier des états de Charles-Quint, sa mère conserva, si ce n'est le nom de régente, du moins l'autorité qui, précédemment, avait été attachée à ce titre.

Cette princesse mourut en 1532, au commencement de sa cinquante-quatrième année, sans laisser de regrets après elle.

CATHERINE DE MÉDICIS,

Femme de Henri II; mère de François II, de Charles IX
et de Henri III.

Catherine de Médicis, amenée en France
en 1533, épousa, le 28 octobre de la même
année, Henri II. Les fêtes de ce fatal mariage durèrent trente-quatre jours.

La profonde dissimulation de cette princesse fut mise à l'épreuve dès l'instant de son
arrivée. Elle comprit qu'elle ne pouvait vaincre deux femmes puissantes, et qu'elle per-
drait à jamais tout crédit à la cour, si elle
osait lutter ouvertement avec elles ; elle sut
être à la fois l'amie de la duchesse d'Etampes,
maîtresse de François Ier, et de la duchesse de
Valentinois, maîtresse de Henri II.

Catherine se dédommagea des froideurs
de son mari dans cette cour de jeunes femmes
débauchées à la manière de Sapho, qu'elle
s'était formée lorsqu'elle n'était encore que
dauphine, et qu'on avait nommé *la petite
bande;* c'était en effet une bande fort joyeuse
que celle de ces petites dames ; et leurs amu-
semens variés, la chasse, les courses à cheval, les danses, les festins, les parties secrètes dans les maisons de Chambord, de
Fontainebleau, de Madrid, contrastaient
d'une manière véritablement remarquable
avec les bûchers, les roues et les gibets, où

II.   6

chaque jour on voyait expirer de malheureux protestans.

On ne sait comment il se fit que pendant dix ans, Catherine fut stérile. Quoi qu'il en soit, l'adroite princesse eut la liberté de devenir enceinte, et en 1543, elle mit au monde François II, qui régna un an après la mort de Henri II.

Diane de Poitiers avait démêlé le caractère de Médicis. Henri disait, en parlant de Catherine : *On ne connaît pas le caractère de ma femme, c'est une brouillonne ; qu'on lui donne entrée au gouvernement, elle gâtera tout.*

Elle obtint cependant les honneurs du couronnement en 1549 ; elle fit une entrée magnifique, et procura aux Parisiens, pour leur argent, le plaisir de voir une farce très-coûteuse, et le début d'une comédienne qui devait, dans la suite, leur faire verser des pleurs et du sang.

Lorsque Henri II partit pour son expédition d'Allemagne, Catherine, nommée régente en 1552, ne négligea rien pour lever des taxes suffisantes à l'entretien de l'armée; elle fit continuer les persécutions contre les hérétiques, tandis qu'au dehors, le fer des ennemis moissonnait autant d'hommes que les bourreaux en faisaient périr au sein de la France.

Après la mort de son mari, Catherine devenue parfaitement libre, ne manqua pas de développer son caractère odieux. L'année 1559 n'était pas écoulée, que la discorde régnait à la cour ; les princes étaient outragés et humiliés ; le connétable de Montmorency forcé à la retraite; les Guises élevés jusqu'aux marches du trône. La reine, guidée par ces derniers, s'inspirait de toutes les fureurs de cette maison pour couvrir toute la France des brandons de la guerre civile.

Afin de presser la marche de tant de malheurs, trop lente au gré de la régente, elle se hâta d'instituer un tribunal non moins sévère que l'inquisition, sous le nom de *Chambre ardente*. Il faudrait des volumes pour retracer les horreurs qu'autorisa cette barbare juridiction ; elle fit brûler sans rémission tous les infortunés soupçonnés d'hérésie. On allait saisir de prétendus coupables jusque dans les maisons, au fond des caves, où, disait-on, les protestans mêlaient à leurs cérémonies religieuses, des pratiques contraires à la pudeur.

Les funestes et abusives persécutions de la chambre ardente n'eurent aucun relâche; la terreur et les supplices ne firent qu'augmenter. Les maisons des hérétiques, marquées d'une croix fatale, furent vouées au pillage; les femmes furent violées en présence des passans, etc., etc.

Cette série de noires indignités fut close par le supplice d'Anne Dubourg, que Henri II n'avait pu égorger avant de descendre dans la tombe. Tel fut le début de François II, ou plutôt de Catherine de Médicis. Là, commence le ministère du cardinal de Lorraine.

L'excès du malheur contraint à la résistance ; les protestans irrités formèrent un parti considérable par leur nombre et par la valeur de leurs chefs. La conjuration d'Amboise, dirigée contre Médicis et les Guise, menaça un moment ces tyrans. Mais les conjurés ne purent exciter une indignation assez puissante au sein d'un peuple esclave et superstitieux ; ils échouèrent et furent livrés au supplice..... Catherine de Médicis , du haut d'une galerie du château d'Amboise, assista depuis le lever du soleil jusqu'au crépuscule, aux massacres qu'elle avait ordonnés....Tous les Français accusés ou seulement soupçonnés d'avoir pris part à la conjuration, furent roués, pendus ou égorgés. Le lendemain, l'aurore montra la Loire teinte encore du sang qui, la veille, s'était mêlé à ses ondes. *Horresco referens.*

Charles IX, second fils de Médicis, régnait depuis 1561 ; sa mère avait été déclarée régente pendant la minorité de ce prince , âgé de dix ans.

En 1562, il y avait en France quatorze armées , toutes opposées les unes aux autres, dans lesquelles on voyait combattre les fils contre leurs pères , les frères contre les frères, les amis contre les amis. Le pillage, la désolation , les villes ravagées , brûlées , le sang coulant de toutes parts, telles étaient les œuvres de la régente.

Après la fallacieuse paix de 1563, que Catherine n'avait accordée aux protestans que pour tromper leur confiance, et les obliger à renvoyer leurs alliés, cette princesse, qui possédait toutes les ressources du vice, comme tous les expédiens du crime, s'occupa à plonger son fils dans les plus sales débauches ; et ce jeune monarque ne songeait aux soins de l'empire que lorsque la régente avait besoin de son assentiment. C'est ainsi qu'il arriva à l'année 1566, époque de sa majorité.

C'est à cette époque que la reine et son fils exécutèrent le fameux voyage de Bayonne, au milieu des fêtes, des réjouissances publiques, par une chaîne de fleurs, de Paris aux Pyrénées. Il ne s'agissait, disait-on, que d'une entrevue amicale avec la reine d'Espagne.... On ne tarda pas d'apprendre que ce voyage cachait une trahison ; il ne s'agissait de rien moins que d'enlever Jeanne d'Albret, reine de Navarre, et Henri son fils, pour les livrer à la cour espagnole.

Ce fut encore à Bayonne qu'au milieu des fêtes, des tournois, des intrigues galantes et des orgies, on forma le projet d'assassiner tout le parti calviniste. Ainsi, pendant plus de sept années, Catherine de Médicis élabora le drame sanglant de la Saint-Barthélemy.

Cependant des complots ténébreux se tramaient toujours. Le duc d'Albe formait une

6*

armée prête à fondre sur la France, et qui menaçait Genève. Les protestans, prévenus de ces apprêts, demandèrent des secours pour les Génevois au prince de Condé, qui leur envoya un corps de protestans ; c'était où l'attendait Médicis, prétendant que les calvinistes manquaient aux traités et à leurs sermens. Les chefs huguenots alléguèrent avec franchise qu'ils étaient alarmés des armemens de l'Espagne, et ajoutèrent qu'ils étaient prêts dans cette circonstance à consacrer au service du roi leurs bras et leurs biens.

Quoi qu'il en soit, Catherine cherchant toujours à tromper les calvinistes, leur proposa de nouveaux arrangemens, qu'elle était dans l'intention de rompre à la première occasion favorable. Coligny devina, à peu de détails près, la ruse de la reine : les protestans se préparèrent, et les hostilités recommencèrent le 28 septembre 1567. Après de nouveaux désastres et des massacres horribles, la paix fut signée par les deux partis, le 15 août 1569. Catherine profita de cet intervalle de paix, qu'elle savait ne pas devoir être long, pour marier son fils avec Elisabeth d'Autriche ; le mariage fut célébré le 26 novembre 1570.

Cependant les deux partis continuèrent à se tenir sur la défensive, et Catherine, toujours fausse et toujours dissimulée, employait la ruse, l'intrigue pour fasciner les yeux des protestans sur les projets homicides qu'elle se préparait à exécuter contre eux, et pour leur en imposer davantage, elle s'occupa sérieusement du mariage de Henri de Navarre avec Marguerite de France.

Jeanne d'Albret gênait Médicis. Cette reine de Navarre avait de l'expérience, de l'esprit et de la pénétration; son œil, qui semblait aller chercher la pensée jusqu'au fond du cœur, intimidait la perfide Catherine; elle ne put supporter cette contrainte. La perte de Jeanne fut décidée.

Cette princesse arriva à Paris vers la fin de mai 1572, pour assister à l'hymen de son fils, et le 9 juin un poison subtil avait rassuré Catherine sur les suites de la pénétration de la reine de Navarre.

Selon quelques historiens, Charles IX n'avait point de projet arrêté sur un massacre général des religionnaires. Médicis, craignant même qu'il ne reculât devant ce grand assassinat, recourut à ses moyens ordinaires, à la ruse, au mensonge et à la perfidie, qui eurent leur plein succès.

Charles IX signa la proscription générale des calvinistes; il sanctionna l'ordre de courir sus; l'heure, l'instant furent déterminés; et ce prince s'écria d'une voix sombre: «Je ne veux » pas qu'il en reste un seul pour me reprocher » la mort des autres. »

Enfin la cloche lugubre de Saint-Germain-l'Auxerrois sonne ce minuit du 24 août 1572. Le beffroi de la tour du palais laisse tomber le signal....... La Saint-Barthélemy a commencé...

La hyène féroce qui avait, de longue main, préparé les horreurs de cette nuit effroyable, la passa dans les bras d'un amant, et son âme atroce s'enivra d'une double volupté aux caresses impures de ce favori et aux cris déchirans des victimes qu'on égorgeait sous les fenêtres et jusque dans les appartemens du Louvre.

Les meurtres durèrent trois jours. Les cris, les hurlemens, le cliquetis des armes, retentissent dans toutes les rues de la capitale. Les protestans, à demi nus, courent chez l'amiral qui venait d'être lâchement assassiné ; massacrés à sa porte, ils tombent sur le corps de celui qu'ils accouraient défendre. Ceux qui approchent du Louvre, repoussés à coups de piques, reçoivent encore dans les flancs le plomb meurtrier que leur lance, d'un balcon qui existe encore, *la main royale* du monstre dont ils réclament la foi. On enfonce les portes des maisons ; les jeunes hommes traînent dans les rues les vieillards, les femmes et les filles, les massacrent et les précipitent dans la Seine ; des femmes plongent leurs mains dans le sang ; des enfans de dix ans écrasent des enfans au maillot.

Les haines personnelles se joignent à la rage du fanatisme. Au milieu du massacre général, des catholiques expirent sous le fer des catholiques ; des héritiers abrégent les jours de leurs parens ; des gens de lettres, leurs émules ; des amans, leurs rivaux ; des fils et des filles, recevant la mort des mains de ceux qui les ont nourris, cherchent en vain la pitié dans le cœur de leurs parens. La plupart, consternés d'une rage soudaine, se laissent égorger sans résistance ; d'autres, en mourant, implorent le Dieu de clémence, au nom duquel on les égorge impitoyablement. Six à sept mille maisons furent inondées de sang.

Tandis que les meurtriers, couverts de sang et de poussière, cherchaient encore des victimes dans les lieux les plus secrets, Médicis, Charles et la cour se promenaient dans la ville, dans de lestes et galans équipages, suivis d'un brillant cortége d'hommes richement vêtus, et de femmes couronnées de fleurs et de pierreries, à qui cet horrible spectacle de cadavres et de blessés presque nus, et luttant encore contre les horreurs de la mort, ne fournissait que des observations obscènes, accompagnées de gestes lascifs, d'éclats de rire qui feraient rougir même dans les derniers degrés de la bassesse et de la corruption

Ajoutons que Catherine traîna son fils à Montfaucon pour contempler, pendu à un gibet, le corps déjà putréfié de Coligny.

Cette horrible boucherie parcourut toute la France, et dura plus de deux mois. Il périt quarante mille protestans.

La suite des années de l'odieuse Médicis nous

présente toujours le même enchaînement de crimes nationaux et particuliers ; des traités perpétuels faits et rompus sans autre nécessité que celle de régner toujours, et de ne donner jamais l'avantage à aucun parti ; des assassinats, des brouilleries, des débauches honteuses, des concussions, des vols publics, des guerres continuelles, la dévastation de tout le royaume, la misère publique, tel est le tableau de sa vie entière.

Cette furie mourut à Blois, sans montrer aucun de ces sentimens religieux qu'elle avait affectés toute sa vie. Elle avait fait verser le sang de deux cent mille citoyens pour la gloire de Dieu, dont elle ne prononça pas le nom à son dernier moment.

MARGUERITE DE VALOIS, et MARIE DE MÉDICIS,

Femmes de Henri IV.

Marguerite de Valois, fille de Catherine de Médicis et sœur de Charles IX et de Henri III, et première femme de Henri IV, n'était pas seulement une Messaline disposée à livrer ses charmes au premier venu ; elle avait encore reçu de sa mère une âme portée au crime. Dès l'âge de douze ans, elle abandonna ses appas, encore informes, au jeune d'Entragues, auquel succéda aussitôt un nommé Charry, capitaine des gardes.

Le duc d'Anjou eut aussi sa part des faveurs de cette femme dissolue, qu'un inceste n'arrêta point. Après leur rupture, elle lui dit un jour: « Mon frère, puisque nous ne » nous convenons plus, je veux encore servir vos plaisirs en vous donnant une maîtresse de ma main. » Et l'impudique Marguerite livra au duc la jeune princesse de Condé.

Marguerite, après de Mole, qui périt sur l'échafaud, eut pour amans Bidé, puis Bussy d'Amboise.

Au milieu des infamies où se plongeait avec délices la reine de Navarre, cette princesse médita le meurtre d'un gentilhomme, nommé Duguast, favori de Henri III, qui avait souvent parlé d'elle au roi, en termes aussi peu respectueux que justes et mérités. Elle chercha et ne tarda pas à trouver des assassins ; Duguast fut poignardé dans son lit, presque sous les yeux du roi, dont ce gentilhomme était la *maîtresse*, et qui ne daigna pas le venger.

Réunie au roi de Navarre, qui s'était évadé de la cour de France, elle vécut quelque temps avec lui dans une réciprocité de vices qui firent supporter à ce prince ses débordemens.

Néanmoins les époux se brouillèrent; Marguerite retourna à la cour de Henri III.

Pendant son absence, le monarque navarrois découvrit que, depuis son mariage, sa femme avait eu de Jacques de Harlay un fils dont la naissance était tenue secrète ; il souffrit pourtant encore auprès de lui cette femme qui se sauva à Agen, alléguant, par un scrupule fort étrange, qu'elle ne pouvait plus vivre avec un *hérétique*.

A Agen, cette *dévote* princesse reprit le cours de ses débauches ; et les extorsions qu'elle exerça, pour alimenter sa vie scandaleuse, soulevèrent contre elle les habitans. Forcée de se sauver en croupe derrière Liguerac, un de ses amans, elle se réfugia dans les montagnes d'Auvergne, et ferma sur elle les portes de la ville de Carlat ; mais les habitans, peu favorablement disposés envers cette Messaline, voulurent la livrer à Henri III ; elle s'évadait de nouveau à travers les champs, lorsqu'elle fut arrêtée, au nom du roi de France, par de Canillac, qui la conduisit au château de Husson, avec l'ordre de la garder à vue.

La prisonnière était belle, et le geôlier était tendre ; les deux personnages changèrent de rôle ; Canillac tomba aux pieds de sa captive, et celle-ci commanda.

Dans la liste des amans de Marguerite, nous avons oublié Aubiac, que Canillac sacrifia à sa jalousie ; et puis le poëte Durfé à qui sa passion pour cette reine libertine inspira le pitoyable roman d'*Astrée*.

Lorsque Henri IV se disposa à conduire

Marie de Médicis à l'autel, elle reçut un envoyé de ce monarque qui l'invita à consentir de bonne grâce au divorce. Elle y donna son consentement, et vint à Paris en 1605, où elle assista à son sacre.

Tantôt dans la capitale, tantôt à Issy, Marguerite continua de mener la vie la plus licencieuse. Les nobles dédaignant ses charmes flétris, elle eut recours à ses domestiques : Comine, musicien de sa petite cour, eut surtout beaucoup d'empire sur elle ; les autres valets appelaient cet amant d'une reine roi *Margot*.

Enfin, après une longue carrière de débauches, commencée à douze ans, terminée à soixante-deux, Marguerite de Valois mourut en 1615, épuisée, hypocondriaque, presque imbécile et sujette à de fréquentes attaques de nerfs. Le vice a ses châtimens comme le crime.

Marie de Médicis, fille de François II de Médicis, grand-duc de Toscane, et de Jeanne d'Autriche, arriva en 1600 en France, où elle épousa Henri IV, qui avait divorcé avec Marguerite de Valois, sa première femme.

Cette princesse avait peu de beauté ; mais en récompense, elle possédait beaucoup de défauts ; elle était fière, entêtée, intrigante, jalouse, défiante, amie du faste et de la dépense, vindicative et absolue ; elle ne laissait jamais lire nettement dans sa pensée, ne renonçait qu'avec peine à un parti démontré mauvais, et ne perdait point de vue une vengeance qu'elle ne fût satisfaite.

Malgré l'économie de Sully, on dépensa beaucoup pour les noces de Marie; et l'or qu'on employa aurait été mieux placé, si on avait délivré le peuple de quelques taxes onéreuses.

Cette reine ne tarda point à donner des preuves de sa fécondité; elle accoucha le 7 septembre 1601 du dauphin qui fut depuis Louis XIII.

Nous passerons sous silence les intrigues de la reine avec Eléonore Galigaï, sa favorite, et avec madame de Villars pour perdre madame de Verneuil (Gabrielle d'Estrées), maîtresse du roi, dans l'esprit de ce prince. Concini et Galigaï, devenue la femme de ce favori, ouvrirent bientôt à la reine une carrière plus étendue.

Henri IV, qui, sous le prétexte d'un projet vaste et profond, n'était occupé que de conquérir la princesse de Condé, allait partir pour une guerre dont le succès était incertain, dont la durée pouvait être longue. Il fallait que la reine fût régente; son sacre paraissait être un préliminaire indispensable.

Marie obtint ce qu'elle désirait, non sans opposition de la part du ministre Sully, non sans répugnance de celle de Henri; et l'assassinat de ce prince fut annoncé en Espagne, avant d'avoir été commis en France.

L'entrée de la reine devait se faire le dimanche 16 mai 1610, lorsque l'attentat de Ravaillac, arrivé le 10, termina la vie de Henri IV.

On soupçonna Marie de Médicis, et il n'y a que trop d'apparence ou plutôt de preuves contre elle, entre autres celle de l'indifférence de cette princesse à la nouvelle d'un si grand événement. Ajoutons que sa conduite, après cet horrible assassinat, ne justifia que trop les impressions qu'elle avait déjà données au moment où il fut exécuté.

Henri IV avait été frappé à quatre heures de l'après-midi; à six heures, Marie avait pris toutes les mesures nécessaires pour se faire déclarer régente.

Il y avait 40 millions d'argent en réserve, outre le revenu courant. Il fallut les remettre entre les mains des courtisans et des favoris qui les dissipèrent promptement.

La tutelle du jeune Louis XIII, âgé de dix ans, fut confiée à Marie de Médicis. Sully fut promptement éloigné du conseil que la régente abandonna à l'influence de Concini et de sa femme.

Une cour dans laquelle on ne s'occupait que de galanteries et de courre le cerf, devait offrir tous les genres de dilapidations, et se trouver bientôt réduite à la dernière extrémité. C'est ce qui arriva. On assembla les états-généraux, qui votèrent de nouveaux subsides; mais ils ne détruisirent par les abus,

et le résultat de l'asemblée fut l'augmentation des charges du peuple, sans aucune
compensation.

Après la mort du maréchal d'Ancre, assassiné par les ordres de Louis XIII, Médicis,
sentant bien que son pouvoir allait cesser, demanda à son fils la permission de se retirer
à Moulins ; il la lui accorda ; mais à peine
fut-elle en route, qu'il la fit arrêter et conduire à Blois. Elle s'évada de cette ville, se-
condée par le duc d'Épernon, s'éloigna en
toute hâte du lieu de sa captivité, et se rendit
dit à Angoulême. C'est là qu'elle trouva l'é-
vêque de Luçon; c'était Richelieu qui la re-
concilia avec son fils.

De retour à la cour, Marie reprit sa place
dans le conseil, où elle s'empressa d'attirer Richelieu, qui depuis la persécuta avec fureur,
et la força de s'exiler du royaume ; elle se retira dans les Pays-Bas.

Après avoir végété long-temps en Hollande, en Angleterre, en Allemagne, la
veuve de Henri IV, abandonnée de son fils
et des princes qui lui faisaient des pensions,
reçut un asile plus que modeste des jésuites
de Cologne. Elle mourut dans cette ville en
1643, presque de misère sur un grabat....

ANNE D'AUTRICHE,

Femme de Louis XIII.

Le 24 novembre 1615, Anne d'Autriche
épousa Louis XIII ; elle était âgée de quinze
ans, et Louis était plus jeune qu'elle de cinq
jours. Nés tous deux avec un cœur dur et
altier, ils n'étaient pas plus capables l'un que
l'autre de ressentir et d'inspirer de l'attachement : aussi n'éprouvèrent-ils jamais qu'une
indifférence réciproque, qui dégénéra dans
la suite en une haine fortement prononcée.

Anne, quoique fière et absolue, montra,
dans les commencemens de son règne, peu
d'empressement à se mêler des affaires.

Dès son arrivée en France, Anne d'Autriche avait pris avec le duc d'Orléans des
manières très-libres. Une préférence marquée pour son beau-frère ne fut pas la seule
galanterie qu'on lui attribuât. Il courut des
bruits injurieux sur elle à l'égard du duc de
Buckingham, favori de Charles II, roi d'Angleterre, et ambassadeur de ce prince. Le duc
se déclara publiquement l'amant de l'Autrichienne. Richelieu qui, pour son compte,
avait des vues sur Anne d'Autriche, se hâta
de faire congédier l'ambassadeur anglais.

Dans la conspiration de Chalais, petit-fils
du maréchal de Montluc, il était question
d'ôter au roi la vie ou la liberté, de faire pro-

7*

noncer la nullité du mariage de la reine, pour cause d'impuissance de la part de Louis, et de la marier avec le duc d'Orléans. Les interrogatoires secrets du conspirateur, dit-on, fournissaient des preuves contre la reine mère, Anne d'Autriche et Gaston d'Orléans; mais on ne les fit point connaître.

Si quelque chose peut faire soupçonner qu'Anne ait trempé dans la conspiration, c'est qu'il est constant qu'elle se préparait à épouser le duc d'Orléans, lorsqu'en 1630 Louis XIII tomba si dangereusement malade qu'on désespéra de sa vie; la proposition en fut faite à Gaston, et tous deux s'en occupaient, lorsque le roi se rétablit.

Cette princesse, malgré tout le désir qu'elle avait de favoriser sa famille aux dépens de la France, ne put y réussir alors. Elle fut plus heureuse dans le projet de donner un héritier à la monarchie; ce qui n'eut lieu toutefois qu'après vingt-deux ans de stérilité. Quel fut le père de cet enfant? (car on sait que Louis XIII était impuissant); c'est ce qu'on ignore encore.

La naissance du dauphin fut suivie de près par celle du duc d'Anjou, depuis duc d'Orléans. Après avoir souffert la naissance d'un premier enfant, il n'y avait pas de prétexte à en défendre un second.

Les deux couches miraculeuses de la reine n'augmentèrent pas plus l'amour de Français qu'elles n'avaient augmenté celui du roi;

Anne d'Autriche vécut éloignée de la cour, qui ne la rechercha point dans sa retraite. Au lit même de la mort, Louis XIII ne songea point à l'appeler.

La proximité d'une régence probable révéla alors en cette reine une ambition qu'elle n'avait point encore montrée. M. de Chavigny fut chargé par cette princesse de se rendre auprès du roi moribond, avec ordre de demander pardon à ce prince de ce qui pouvait lui avoir déplu dans sa conduite, et de lui affirmer qu'elle n'avait jamais eu le projet d'épouser Gaston, duc d'Orléans. « Dans » l'état où je suis, répondit Louis XIII, je » dois lui pardonner, mais je ne peux pas la » croire. »

Quoi qu'il en soit, le roi laissa la régence et confia l'éducation de ses fils à Anne d'Autriche, avec de fortes restrictions ; mais les bornes de son autorité, entravée dans les moindres détails, ayant été jugées trop étroites par le parlement, cette compagnie cassa le testament de Louis XIII, avant que son corps fût refroidi.

Anne d'Autriche, aussi incapable qu'elle était ambitieuse, livra les rênes du gouvernement à l'italien Mazarin, après lui avoir accordé tout ce qu'une femme possède de faveurs. Ce choix déplut généralement ; mais la cour était corrompue, avilie ; la magistrature subit le joug de ce ministre, qui l'entoura de ses lacs ; enfin, le peuple chansonna Mazarin, mais ne se révolta pas.

Mais si les hommes d'état, les guerriers, les magistrats se soumirent, les femmes ne tardèrent pas à conspirer ; elles commencèrent cette guerre burlesque de la fronde, à laquelle le grand Condé prit une part sérieuse.

La reine eut à supporter, à cause de son favori, des privations qui durent lui paraître bien dures. Chassée du Louvre par les frondeurs, elle erra plusieurs jours avec ses dames dans les villages fangeux des environs de Paris.

Enfin les guerres civiles cessèrent en 1658 ; Anne d'Autriche qui, depuis 1643, n'avait régné que par les intrigues de Mazarin, sanctionna la paix que cet habile ministre imposa à ses ennemis.

Louis XIV, dont Mazarin avait favorisé l'ignorance, était devenu un homme ; mais le perfide ne lui permit pas d'être un roi ; il en fit un débauché, en lui livrant sa propre nièce.

La reine-mère, dépouillée de son autorité par Mazarin, ayant subi pendant plus de dix-sept ans ses caprices et ses hauteurs, abreuvée enfin des humiliations dont il avait payé le pouvoir qu'elle lui avait abandonné, le vit mourir, en 1661, avec une indifférence bien méritée. La même année le roi lui arracha brusquement l'ombre du pouvoir qu'elle conservait encore, et prit en main le sceptre avec lequel ce tyran devait écraser la France.

Anne se retira prudemment de toutes les affaires, et mourut tranquillement à la cour le 20 janvier 1666, dans sa soixante-cinquième année, sans avoir fait aucun bien. On ne lui connaît aucunes vertus, mais beaucoup de vices et de défauts.

LA MARQUISE DE MAINTENON,

Seconde femme de Louis XIV (non déclarée).

Françoise d'Aubigné, marquise de Maintenon, naquit le 27 novembre 1635, dans les prisons de la conciergerie de Niort en Poitou, où Coustant d'Aubigné, son père, était détenu. Sa mère s'était enfermée avec lui pour le soigner.

En 1639, M. d'Aubigné, ne voulant pas abjurer le calvinisme, partit pour la Martinique avec sa femme et sa fille. Il forma dans cette île des établissemens qui prospérèrent d'abord ; mais bientôt la fureur du jeu, qui le maîtrisait, entraîna sa ruine et le conduisit au tombeau.

Mademoiselle d'Aubigné repassa la mer à l'âge de treize ans, et entra chez madame de Neuillant sa tante, qui voulut bien s'en charger par respect humain, et chez laquelle elle était traitée, non comme une parente, mais comme une personne, pour ainsi dire, absolument étrangère, et dont on aurait été charmé de se débarrasser.

Elevée dans les principes du calvinisme, Mlle d'Aubigné les abjura, et devint une des plus ferventes posélytes de la religion catholique.

Quelques connaissances utiles qu'elle se fit, parvinrent à la tirer de l'espèce d'abjection où elle avait été jusqu'alors, et la lancèrent dans la société où avec de la beauté, des grâces et de l'esprit, on se fait des partisans, qui ne conduisent pas toujours à la fortune.

Admi e dans la société du poëte Scarron, chez qui se réunissaient les beaux esprits et plusieurs personnages aimables de la cour, elle y fit la connaissance de la célèbre Ninon de Lenclos, avec laquelle elle entretint pendant quelque temps une correspondance, où la franchise était du côté de la courtisane, et de l'autre l'hypocrisie.

Scarron, qui s'intéressait à Mlle d'Aubigné, après l'avoir questionnée sur sa triste situation, lui dit : « Mademoiselle, vous n'avez » d'autre asile que le couvent ou le mariage. » Voulez-vous être religieuse ? Je paierai » votre dot. Voulez-vous vous marier ? Je » ne puis vous offrir qu'une fortune très-bor- » née, et un ami paralytique, qui ne sera » pour vous qu'un père ; car je n'ai point » d'autre manière de vous adopter. Tous vos

» devoirs d'épouse se borneront aux soins de
» garde-malade, etc. »

Mademoiselle d'Aubigné accepta la proposition, et devint la femme du cul-de-jatte Scarron, qui, mourant en 1660, ne lui laissa que
des dettes et quelques amis.

Scarron avait une pension de la reine-mère
de 2,000 fr., qui, à la mort de cette princesse, arrivée en 1666, fut supprimée à sa
veuve.

Cette veuve, qui avait ses vues, comme on
le verra par la suite, fit solliciter par ses amis
le rétablissement de la pension qui, par les
soins et la protection de madame de Montespan, lui fut accordée; service important,
qu'elle paya de la plus noire ingratitude.

La veuve Scarron, dont une ambition dé-
mesurée dirigeait la conduite, parvint à être
gouvernante des enfans que madame de Montespan avait de Louis XIV; alors commença
entre ces deux femmes une série continuelle
d'altercations, de querelles, dont il est facile
de deviner l'objet. La favorite s'était aperçue
que la veuve voulait la supplanter par de
faux rapports contre elle, et en s'efforçant
de la noircir dans l'esprit du monarque. Ainsi
elle ne devait pas voir de bon œil une personne qui ne s'attachait qu'à la dépriser.

L'extrême dévotion qu'affectait la veuve
Scarron, était un des moyens que cette femme
employait pour se rendre maîtresse de l'esprit d'un roi qui, agité par ses remords et

des terreurs religieuses, croyait trouver dans l'exercice de quelques pratiques superstitieuses un abri contre la crainte de l'enfer qui le tourmentait sans relâche.

Ce monarque libertin et débauché commença à se lasser des faveurs de madame de Montespan, et à soupirer après celles de notre belle veuve. Celle-ci vit avec plaisir ce changement, et, en femme habile, elle en sut tirer parti, et la favorite fut renvoyée; madame Scarron, maîtresse du cœur du roi, ne voulut point remplacer madame de Montespan, mais bien amener le roi à l'épouser.

En 1674 elle acheta des bienfaits du roi la terre de Maintenon, qui fut érigée en marquisat en 1688; en 1680, elle avait été nommée dame d'atours.

En 1683, la reine mourut. A cette époque madame de Maintenon était dans la plus haute faveur; le roi ne se dirigeait que par ses conseils. Quels conseils! grand Dieu! La fin du règne de Louis XIV ne développe qu'une suite non interrompue de malheurs et de désastres.

Madame de Maintenon était parvenue à son but; elle avait décidé le roi à l'épouser. Cette union légitime, mais secrète, eut lieu devant quelques témoins. L'époque de la célébration est incertaine.

Elle pouvait arrêter les persécutions contre les huguenots, et le sang qu'on versa pour convertir des gens qui n'avaient pas be-

soin de conversion, mais dont tout le
était d'adorer Dieu dans un autre l*
que celui des catholiques; elle ne le fit
tout ce sang répandu doit retomber s.
tête de la femme du roi; rien ne peut la l*
ver de ce forfait inouï. La preuve qu'elle
n'essaya jamais de détourner le roi de l'infâme projet de massacrer les huguenots, se
trouve dans une lettre qu'elle écrivait à son
frère, dans laquelle elle l'engageait à attendre quelque temps pour acheter des terres,
que la persécution commençât à agir vigou-
reusement contre les protestans, parce que
alors elles seraient à meilleur marché.

Parvenu au faîte des grandeurs, elle se
plaignait à son frère de l'ennui presque mortel qui l'accablait, en lui disant : « Je n'en
» puis plus, je voudrais être morte; — Vous
» avez donc parole d'épouser Dieu le père? »
lui répondit son frère.

« Quel supplice, s'écriait-elle une autre
» fois, en parlant de Louis XIV, d'amuser
» un homme qui n'est pas amusable ! »

Il paraît que madame de Maintenon, sur
certains sujets, n'était pas trop scrupuleuse, et
que sa dévotion fléchissait devant certaines
considérations. Écrivant à son frère qui venait
de se marier, elle lui recommande de ne
point entretenir sa femme de ses *bonnes fortunes* ni de sa galanterie. Quoi ! la sévère
madame de Maintenon ne condamne point les
bonnes fortunes de son frère; elle ne blâme

II.   8

veu indiscret qu'il pourrait en faire à
me !

e dévote, née pour le malheur de la
e, détourna le monarque de donner le
nmandement de son armée au sage Cati-
nat, dans une campagne qui allait s'ouvrir,
parce qu'il n'allait pas à la messe, mais d'en
revêtir l'inepte Villeroi, favori du prince. Ce
courtisan fut battu, et son armée mise en
déroute; le sang français coula à grands
flots, parce qu'un bon général n'allait pas à
la messe *.

La fureur de convertir s'était emparée de madame de Maintenon : dans une de ses lettres :
» J'aime Minette (depuis madame de Mailly),
» écrit-elle, que j'ai vue à Cognac; si vous pou-
» viez me l'envoyer, je la convertirais. Il n'y a
» pas d'autre moyen que la violence; il faudrait
» donc obtenir d'elle de m'écrire qu'elle veut
» être catholique; vous m'enverriez cette
» lettre-là, et j'y répondrais par une lettre
» de cachet. » On laisse faire au lecteur
éclairé les réflexions que ce petit fragment
ne peut manquer de faire naître.

M. de Ruvigny ayant parlé plusieurs fois à
M_{me} de Maintenon pour l'intéresser aux

---

* Ceci nous rappelle la guerre d'Espagne, où le
héros du Trocadéro, le fameux duc d'Angoulême,
aussi dévot que son père, faisait dire des messes sur
toute la ligne de son armée, après avoir fait confes-
ser tous ses grenadiers.

malheurs de ses anciens frères (les calvinistes), elle lui répondit toujours, qu'elle ne
devait point entrer dans les affaires, que ce
n'était pas son personnage, et l'exhorta à se
convertir lui-même. Ruvigny, aussi attaché
par honneur que par conscience à la cause
qu'il défendait, ne fut point tenté de sacrifier ses commettans à ses vues particulières.
Il crut entrevoir que madame de Maintenon
était plus portée à nuire aux huguenots qu'à
les servir. Pour décréditer les conseils qu'elle
pouvait donner, il lui échappa de dire devant
le roi que madame de Maintenon était née
calviniste, qu'elle l'avait été jusqu'à son entrée
à la cour, et que peut-être elle l'était encore
dans le cœur. On présume que cette dame
n'eut pas de peine à se laver de cette inculp-
pation, et qu'elle en conserva du ressentiment contre Ruvigny et par suite contre les
calvinistes.

C'est dans ses lettres que madame de Maintenon laisse percer assez souvent son caractère et ses sentimens. Nous citerons celle-ci :

« Je viens d'entendre une belle déclama-
» tion du père Mascaron ; il divertit l'esprit
» et ne touche pas le cœur ; son éloquence
» est hors de sa place, cependant il est à la
» mode ; il a fort parlé contre les conqué-
» rans ; il nous a dit qu'un héros était un vo-
» leur qui fait à la tête d'une armée ce qu'un
» voleur fait tout seul. Notre maître n'a pas
» été content de la comparaison ; jusqu'ici

» c'est un secret, en tout il déplaît au roi et
» *aux gens d'esprit.* »

La dévote Maintenon ne devait pas estimer
Mascaron, parce qu'il disait de dures vérités
au monarque, et que son éloquence ne s'é-
puisait pas à pérorer sur les mystères et sur
les pratiques superstitieuses du christianisme.
Elle réservait toute son amitié à l'abbé Go-
belin, son directeur, qui ne l'entretenait que
de niaiseries et de minuties relatives à une
puérile dévotion. Au reste, quels sont ces *gens
d'esprit* qui condamnent l'audace vertueuse
d'un orateur sacré qui, dans le sanctuaire
d'un Dieu de paix, s'élève contre le goût barbare des conquêtes ? La bonne dame aurait
été fort embarrassée de les nommer. Déplaire
au roi était à ses yeux un crime irrémissible,
c'était le plus grand des péchés mortels.

Racine avait fait, à la sollicitation de madame de Maintenon, un mémoire sur les affaires de l'état. Cette dame en fit part au roi,
qui lui demanda quel en était l'auteur ; après
quelques feintes hésitations, elle avoua que
c'était M. Racine. Louis XIV parut trouver
mauvais qu'un homme de-lettres se mêlât
d'autre chose que de littérature. Le poëte
dès lors tomba dans la disgrâce du monarque, et la pieuse Maintenon ne fit aucuns
efforts pour réparer un mal dont elle seule
était la cause ; et celui dont elle prétendait
être l'amie, fut la victime de sa mauvaise foi.

Elle avait suivi la même conduite à l'é-

gard du vertueux Fénelon , dont la réputation ne fut point altérée par la disgrâce qu'il
avait soufferte d'un monarque aussi ignorant qu'impérieux , et par les dédains d'une
bigote.

Se mêlant de tout, sans paraître vouloir
se mêler de rien , madame de Maintenon
peut être regardée comme un des personnages qui ont contribué le plus aux malheurs
qui écrasèrent la France sur la fin du règne
de Louis XIV. L'hypocrisie était le fond de
son caractère , et, tout en parlant de Dieu et
de la religion , elle agissait contre l'un et
l'autre. Il y a de quoi rire , et en même temps
lever les épaules, en lisant sa correspondance
avec ses confesseurs , ses directeurs , et plusieurs membres du haut clergé.

La communauté de Saint-Cyr, qui causa
tant de peines et qui fit tant de plaisir à son
institutrice, fut dirigée par des prêtres de
Saint-Lazare. Quelqu'un ayant demandé à
madame de Maintenon pourquoi elle n'avait
pas choisi des jésuites, *Parce que je veux
être maîtresse chez moi*, répondit-elle. Cette
dame n'aimait pas les enfans de Loyola ;
elle avait à s'en plaindre, parce qu'ils avaient
travaillé sourdement à diminuer son crédit
dans l'esprit du maître. Elle ne pouvait pardonner au P. de La Chaise, confesseur du
roi, d'avoir dit que *les dévots n'étaient bons
à rien*. Le bon père n'avait pas tort.

Madame de Maintenon avait la manie

8*

d'enlever des enfans, pour les convertir presque malgré eux. Elle reprochait à son frère d'employer la force à la conversion des huguenots, et elle employait toutes les sub-tilités de l'adresse. On ne voit dans ces deux procédés que la différence des sexes ; cette dame suivit dans tous les temps les maximes et la conduite d'une femme intolérante.

Le roi perdit connaissance le 30 août 1715. Madame de Maintenon ne jugea pas à propos de recevoir son dernier soupir ; elle s'enfuit à Saint-Cyr. Elle prouva par là que la reconnaissance n'était pas une de ses vertus. Elle mourut dans cette maison le 15 avril 1719.

MARIE-ANTOINETTE D'AUTRICHE,

Femme de Louis XVI.

Marie-Antoinette d'Autriche, fille de l'em-pereur François Ier et de l'illustre Marie-Thérèse, âgée de 14 ans, arriva à la cour de France, où elle venait épouser le duc de Berry, depuis Louis XVI. La cérémonie eut lieu en 1770 ; elle fut marquée par un évé-nement des plus sinistres. Une affluence de peuple très-considérable s'était portée à la place Louis XV, pour prendre part aux ré-jouissances publiques. La police était mal faite, la foule mal contenue, la voie publique se trouvait encombrée de pierres, de matériaux, de pièces de charpente, sur lesquels étaient montés d'innombrables curieux. Tout à coup une terreur panique s'empare de cette foule compacte, qui, refoulée en plusieurs sens contraires, offre aux regards épouvantés le désordre le plus effroyable, désordre qui fut suivi des plus grands malheurs. On a porté à plusieurs milliers les victimes de cette fatale soirée ; augure terrible qui fit dire que les furies avaient éclairé les fêtes nuptiales.

Pendant la première année de son mariage, Marie-Antoinette ne montra publiquement que de la légèreté, de l'étourderie, un amour de la liberté, qui dans une femme pouvait annoncer l'amour de la licence. Il avait déjà couru des bruits peu avantageux sur la conduite de la dauphine ; mais elle ne plaisait point alors à ses beaux-frères, encore moins à leurs femmes, dont les laides figures contrastaient peu agréablement avec l'élégance de la taille et l'air de beauté qu'Antoinette avait alors ; son aversion pour l'étiquette de la cour, et pour toute espèce de gêne même extérieure, déplaisait aux tantes. La Dubarry, qui se connaissait en galanterie, fut la première à dire au roi Louis XV que l'aisance et la frivolité de la dauphine présentaient les indices certains d'une passion plus absolue. On pensa dès lors qu'il pouvait bien y avoir quelque chose de réel dans les bruits qu'on avait fait courir sur les relations trop intimes de Marie-Antoinette avec des officiers de la cour de son père.

Quoiqu'il en soit, à la mort de Louis XV, la jeune autrichienne n'avait encore été soupçonnée que d'une intimité étrange avec une petite dame de Langeac, attachée à sa personne.

Mais lorsque Louis XVI et sa femme se rendirent à Reims, en 1775, pour être sacrés, on dit que, malgré les représentations de son mari sur la légèreté de sa conduite, malgré les promesses qu'il lui avait arrachées, Marie-Antoinette donna, dans cette ville même, le spectacle inconnu d'une promenade nocturne, qui ressemblait un peu fort aux orgies des bacchantes.

A son retour, Marie-Antoinette changea la face de sa cour; les vieilles femmes, celles même d'un âge mûr, en furent expulsées. Cette princesse ne voulut être environnée que d'une jeunesse vive et bruyante, et l'on sait qu'à cette époque les désordres de la cour ne se bornaient pas à un vain bruit.

Peu de temps après la mort de Louis XV, parut un petit écrit, intitulé *Le Lever de l'Aurore* : ce livre semblait expliquer le plaisir qu'Antoinette prenait depuis quelque temps à parcourir le parc de Versailles, presque seule, à la pointe du jour. L'auteur fut mis à la Bastille ; probablement il y est mort : l'écrit fut supprimé avec soin ; mais il avait été lu. Les Parisiens restèrent per-

suadés que ce n'était pas pour observer la nature que leur reine se levait si matin.

Cette princesse avait pour le luxe un amour
effréné.

Le ministre Calonne entretenait publiquement une courtisane, l'image de celles d'A-
thènes, et lui faisait des présens de cent
mille francs à la fois *.

D'un autre côté, il fallait alimenter les
jeux de la cour, gouffres qui, seuls, eussent
suffi pour engloutir tout l'or du Pérou.

Tant d'impures dépenses ne ralentissaient
point les envois en Allemagne; l'empereur
était loin de se contenter de 500,000 francs
par semaine comptés à l'ambassadeur Mercy,
pour de prétendues indemnités relatives au
honteux traité de 1756. Si l'indignation publique s'élevait contre ces affreuses exactions,
les lettres de cachet pleuvaient, la Bastille
s'encombrait, et l'imbécile Louis XVI,
la tête troublée par les fumées du vin, s'en-
dormait chaque soir sur la foi de l'amour du
peuple que sa femme travaillait si activement
à lui faire perdre.

La ruine de l'état n'allait point assez vite

_____

* Au mois de janvier 1788, pendant que l'assemblée des notables ne voyait de ressources aux plaies
de l'état que celle de la banqueroute, Calonne envoya,
pour étrennes à sa maîtresse, une bonbonnière dans
laquelle il y avait cent pastilles, enveloppées chacune dans un billet de caisse de cent pistoles.

au gré de Joseph II ; Calonne même n'était pas assez infâme ; un plus grand criminel, le cardinal de Rohan, lui paraissait digne de porter les derniers coups, il voulait en faire un premier ministre de France. Mais Antoinette pouvait tout sacrifier à son frère, hors sa vengeance personnelle ; le cardinal, dit-on, avait toujours porté ses vues jusqu'à elle ; les bruits sont partagés sur le sort qu'avaient éprouvé ses soupirs : heureux ou non, on assure qu'il avait été jaloux ; que, sous le prétexte du respect et de l'attachement, il avait donné des avis à l'impératrice Marie-Thérèse ; que sa lettre était parvenue à Antoinette, et qu'elle avait conservé dans son âme le ressentiment le plus vif d'une telle offense.

Parlons maintenant de l'affaire du collier. Cette affaire a été jugée sans être expliquée : peut-être ne le sera-t-elle jamais : c'est un chaos dans lequel on ne distingue que des scélérats, des fripons, des femmes perdues de réputation, des suppôts du despotisme, la lie de la nation, le rebut de l'humanité, et dans laquelle des juges de même trempe ont rendu un arrêt inique.

Si la cour eût été prudente, elle aurait étouffé une affaire aussi scandaleuse, dans laquelle Marie-Antoinette jouait un rôle méprisable. Il est possible que cette princesse ait reçu ce collier, mais avec légèreté, et sans l'intention de faire tort de son prix au joaillier. Tout porte à croire que la reine le rendit ensuite aux fripons qui le détournèrent.

Dans cette intrigue, le cardinal de Rohan * se présente, non pas précisément sous l'aspect d'un spoliateur, mais sous celui d'un homme insolvable, que la parfaite connaissance de sa position n'arrêta pas dans cette folle acquisition. Il n'escroqua point le collier; il l'acheta avec la certitude de ne pouvoir le payer : ce fut, dans cette circonstance, un filou, sauf l'habileté de la main.

Si les projets qu'on attribue à Antoinette avaient été combinés par une femme de génie, ils auraient pu mieux réussir. Mais chacun sait qu'elle avait peu d'esprit, et qu'elle prenait pour du caractère son excessif entêtement ; aussi trouvait-elle un obstacle dans les lumières de la nation ; et en la poussant à bout par des moyens violens et rapides, son défaut de prudence et de calcul ne lui faisait pas apercevoir qu'elle finirait par la soulever. Ce fut elle qui avait engagé Louis XVI à la plus extravagante prodigalité pour le sacre **. Les équipages les plus

---

* Ce cardinal, d'une prodigalité sans exemple, et d'une richesse immense, disait qu'il ne pouvait pas concevoir qu'un honnête homme pût vivre avec un revenu de 1,500,000 francs.

** Nous avons eu un nouvel exemple de ces prodigalités extravagantes au sacre de Charles X, pour le

riches et les plus somptueux, les vases précieux, les parures les plus rares et les plus
recherchées avaient été, par l'ordre de la
reine, étalés sans pudeur aux yeux d'un
peuple mourant de faim et de misère.

A son retour, on eut lieu de juger qu'elle
accorderait souvent sa protection, sans faire
un choix délicat des objets de sa faveur. Une
courtisane connue, nommée la Montansier,
directrice du théâtre de Versailles, avait plu
à Marie-Antoinette par son cynisme mêlé
d'esprit et de gaieté. Cette directrice avait
des dettes immenses ; une banqueroute frau-
duleuse en allait être la suite ; sa majesté fit
payer ses dettes et se l'attacha.

Cette Montansier, dit-on, ouvrit avec sa
souveraine un genre de galanterie fantasti-
que, ou plutôt de libertinage contre nature,
qui n'avait point encore régné à la cour ;
une femme de chambre de la reine fut la
première initiée à ces mystères odieux ; des
duchesses, des marquises, des comtesses, des
baronnes, des princesses, enfin des femmes
de la cour, des femmes titrées, des femmes
de la plus haute noblesse du royaume, se livrèrent à cette dépravation, pour obéir à
leur souveraine.

On remarqua entre Antoinette et son
beau-frère le comte d'Artois, depuis Char—

_____

quel on retrouva la sainte ampoule, qui avait été
détruite en 1793.

les X, d'avilissante mémoire, une familiarité qui parut suspecte. Les courses de chevaux étaient à la mode; Marie-Antoinette, vêtue en amazone, c'est-à-dire de la manière la plus légère et la plus commode, partageait publiquement avec le comte d'Artois ce genre de plaisir; de là on se rendait à Trianon, lieu de débauche où n'entrèrent jamais que des favoris généralement haïs et méprisés.

Le beau-frère était de toutes les parties de la belle-sœur; il accompagnait cette dernière aux bals, aux spectacles en loge fermée; et entrait à toute heure chez elle sans se faire annoncer. La reine recevait ce prince dans une particularité intime, réservée à lui et à madame de Polignac.

On a beaucoup parlé des couchers périodiques de Marie-Antoinette dans le château des Tuileries, pendant les bals masqués de l'Opéra. D'Artois et madame de Polignac accompagnaient souvent la reine dans ses pèlerinages sous ces vieux lambris.... Tirons le rideau sur les détails des entrevues de ce trio entre lequel tout était commun. Disons pourtant que, selon toutes les probabilités, le prince de Polignac, ex-ministre de Charles X *, sur lequel a grondé la vengeance

---

* Charles X avait une tendresse paternelle pour son cher Jules de Polignac, avec lequel il vivait dans la plus étroite familiarité. Il n'ignorait pas qu'il était le produit de ses œuvres.

de tout un peuple, naquit des rendez-vous mystérieux de Bagatelle ou du Petit-Trianon.

Quant aux enfans de France, ayons la bonhomie de croire que le ciel reproduisit pour leur conception légitime, les miracles qu'il avait fait jadis pour la naissance de Louis XIV; car Louis XVI, comme le fils de Henri IV, avait été déclaré impuissant par les médecins.

S'il fallait, d'après le bruit public, attribuer au comte d'Artois la fécondité de Marie-Antoinette, qui donc aurait épousé Marie-Thérèse de France, maintenant duchesse d'Angoulême?

Si les murs et les bosquets du Petit-Trianon, témoins des parties secrètes de la reine, furent silencieux, la présomption des Dillon, des Coigny, des Fersen et de beaucoup d'autres, fut moins discrète.

Marie-Antoinette en jouant le rôle de Messaline, ne faisait tort qu'à elle-même; cette princesse infectant les mœurs publiques d'un nouveau genre de poison, devait être l'horreur de la société, sans faire à l'état les maux qu'on lui reproche. Messaline a laissé son nom en partage à toutes les femmes qui sont parvenues, comme elle, aux derniers excès de la dépravation; Messaline, toute méprisable qu'elle était aux yeux des Romains, n'avait point soif de leur sang, ne trafiquait point des places et des charges, elle n'avait point de frère à qui elle vendît la république, et dans les mains duquel elle fit passer les trésors de l'état, la subsistance du pauvre, le fruit précieux des sueurs du laboureur : son opprobre lui était personnel; et lorsque l'imbécile Claude la sacrifia, on le trouva barbare, parce qu'il ne vengeait que sa propre honte, et qu'il n'avait point à rendre justice aux Romains offensés et trahis.

On reproche avec raison à Antoinette des crimes plus graves, plus effrayans, plus impardonnables, sous le nom de crimes politiques ; on ne peut plus douter aujourd'hui que cette princesse si bien chapitrée contre la France par la vindicative Marie-Thérèse sa mère, n'ait conclu un pacte secret avec Joseph II, son frère, pour subordonner la politique du cabinet de Versailles à celle du cabinet de Vienne, faire passer dans ses mains tout l'or de la nation, nous réduire à un tel état d'épuisement, qu'il pût enfin s'emparer des provinces qui étaient à sa bienséance, démembrer le royaume, et satisfaire à la fois et l'insatiable ambition de la maison d'Autriche et sa haine héréditaire pour le nom français. On l'accuse d'être arrivée avec ce fatal projet, et de s'être, pour le conduire à sa fin, immiscée dans le maniement des affaires publiques, auxquelles son caractère frivole et ses goûts divers semblaient devoir la rendre tout-à-fait étrangère ; de s'être défaite par toutes sortes de moyens de certains ministres qui pouvaient être assez avides pour piller l'état, et non assez criminels pour le vendre.

On l'accuse d'avoir conduit toutes les intrigues qui ont fait et défait des ministres, jusqu'à l'entrée au ministère de cet infâme Calonne, couvert de tant d'ignominie et d'opprobre depuis les affaires de Bretagne et de La Chalotais; de ce Calonne dont l'âme, pétrie d'impudence et inaccessible la honte, était seule capable de seconder des projets dont on n'avait pas eu d'exemple depuis Isabeau de Bavière, d'exécrable mémoire.

De ce moment, les spéculations les plus fausses, les projets les plus hardis, les entreprises les plus hasardeuses, des expédiens étranges, l'abnégation totale de toute pudeur dans les moyens d'attirer l'argent, tout démontrait dans le système du gouvernement le projet concerté de miner et d'anéantir l'état, et l'on voyait en même temps Antoinette chérir et caresser le ministre chef de ce complot, travailler avec lui, le seconder, le soutenir de son crédit.

Dans cette dilapidation effrayante, qui n'était pas toute entière au profit de Vienne, les créatures de la reine avaient leur part: d'Artois, Polignac, Vaudreuil, Dillon, et tant d'êtres couverts comme eux d'ignominie, attiraient à eux des monceaux d'or, à titre de pensions, d'allocations, au *livre rouge* *, d'acquits comptans, d'échanges frauduleux de biens imaginaires ou de mince valeur, contre des domaines réels et magnifiques.

Venaient ensuite à la curée les principaux valets d'Antoinette : Bazin, directeur des plaisirs de Trianon ; Campeau, intendant des petits appartemens ; et d'autres dont les noms nous échappent : tous individus sans mœurs et couverts de la lèpre de toutes les infamies tout entières. La fermentation devenait grande. Les imbéciles édits de Calonne, la première assemblée des notables, la témérité de Brienne et de Lamoignon, le siége du Palais, l'exil du parlement, la conduite imprudente du comte d'Artois, l'hypocrisie de Monsieur, l'emprisonnement des douze Bretons, tout cet amas de crimes et d'extravagances, conduisait à grands pas le royaume ou dans le fond de l'abîme ou vers une révolution.

Tout à coup la nation se lève, brise ses chaînes, le souverain paraît, et les usurpateurs consternés se cachent dans la poussière.

Tous les misérables qu'on regardait comme complices de la reine avaient fui :

---

* Ce livre contenait la liste des personnes auxquelles on immolait les intérêts du peuple, en leur allouant des sommes d'argent pour des services qu'ils n'avaient pas rendus, mais bien pour des crimes et des turpitudes.

elle demeura seule, et l'on assure qu'elle n'avait pas perdu l'espoir; on prétend aussi qu'Antoinette et les courtisans dont elle était environnée, dansaient au son de la musique des troupes allemandes.

Quelques jours après, à l'orgie des gardes-du-corps, au milieu de cette troupe d'hommes plongés dans l'ivresse et le délire, elle méditait de nouveaux forfaits; son cœur tressaillit de joie et d'espérance, en voyant fouler aux pieds le signe de la liberté (la cocarde tricolore) d'une nation qu'elle voulait anéantir. A qui n'a-t-on pas dit les paroles liberticides qu'Antoinette fit entendre durant cette orgie, le serment contre-révolutionnaire des convives, les promesses qu'elle leur fit en échange de celle du meurtre projeté des citoyens?

On prétend qu'elle avait dirigé la scène ridicule, mais atroce, des poignards; qu'elle avait prémédité le voyage de Saint-Cloud du 14 mars, et avait juré la perte des braves grenadiers qui s'y opposèrent; on dit aussi qu'elle ne fut point étrangère à la combinaison du départ du 20 juin, et que, dans la nuit, se dérobant à la puissance des lois et à celle du peuple de qui elles émanent, elle courait dans les bras de son autre frère, chercher la vengeance qui bouillonnait au fond de son cœur.

A son retour de Varennes, comprenant par le silence du peuple à quel point elle

l'avait offensé, quel arrêt il devait dicter, s'il était juste et prévoyant, Antoinette dit à certains représentans « que, s'ils ne se hâ-
» taient de la réintégrer, elle déclarerait
» hautement tout l'or qu'elle leur avait donné
» pour la laisser partir. »

Ce fut en partie à la voix d'Antoinette que se rassemblèrent vers nos frontières les hordes de Germanie ; on ne peut guère dou-ter que les conjurés français, dont le nombre s'accroissait chaque jour, ne l'attendissent à Worms ou à Coblentz. Elle envoyait beau-coup d'argent à cette armée de traîtres, et d'autres part secondait leurs projets en sé-mant la discorde dans les départemens. Ce fut elle, dit-on, qui payait ces vagabonds qui, errant dans les campagnes, menaçaient de les incendier et de les dévaster*.

Cette princesse s'était formé dans l'assem-blée législative un parti de royalistes, et y avait fait nommer des gens à elle ; on dé-couvrit qu'elle y salariait de ces êtres lâches et avides, qui demandent à genoux de l'or et de l'esclavage. Elle contribua en partie à faire révoquer le sublime décret qui devait anéantir pour jamais cette pompe servile, ce cérémonial ridicule, à l'aide duquel on fascine les yeux éblouis d'une classe d'hom-

---

* Le ministère du 8 août s'était servi aussi de ce moyen, pour arriver à son but : heureusement, il a échoué.

mes simples et crédules, et de tous ces étour-
neaux de cour qui ont la bonhomie de croire
qu'une cour sans luxe ne peut gouverner sagement.

La conduite de Marie-Antoinette, dans
le commencement de la révolution, fut une
conspiration continuelle contre les Français:
fière, impérieuse, altière, elle prétendait
arrêter le char de la liberté, et, pour y parvenir, elle mit en jeu tout ce qu'un génie
infernal pouvait inventer. Rien ne fut sacré
pour elle ; elle voulut justifier ce que l'impératrice Marie-Thérèse, sa mère, avait dit en
l'accordant pour épouse à Louis XVI : « Je
me venge de la France, en la lui donnant *. »

On peut assurer que ce fut en grande partie Antoinette qui conduisit le monarque
français à l'échafaud. Faible par caractère,
Louis XVI s'abandonna aux suggestions de
son épouse, incapable de calculer lui-même
l'abîme où elle pouvait l'entraîner.

N'acheva-t-elle pas de perdre ce prince
sans vigueur, en le déterminant à la fuite ?
Action qui mit au jour toute la perfidie qu'elle
lui avait conseillée.

Enfin ne fut-ce pas elle qui, par une té-

---

* Ce fut aussi à Vienne que Napoléon, poussé par
un mauvais génie, alla chercher une femme. On sait
que de ce moment l'étoile de ce grand capitaine commença à pâlir, et que la fortune ne tarda pas à l'abandonner, pour le lancer sur le rocher de Sainte-Hé-
lène, où il trouva son tombeau.

mérité insensée, lui intima l'ordre d'opposer, au 10 août, une poignée de Suisses et de vieux courtisans aux masses populaires?

Ainsi, depuis l'année 1774 jusqu'à l'instant fatal où Louis XVI alla chercher au sein de la représentation nationale un refuge contre l'orage qu'il avait formé, Marie-Antoinette l'entraîna, par une pente de plus en plus rapide, jusqu'au gouffre où elle fut engloutie avec lui.

Sur la fin de la journée du 10 août 1792, Louis XVI se réfugia avec la reine et sa famille dans le sein de l'assemblée législative, d'où ils furent conduits à la prison du Temple.

La Convention fit le procès au roi, et le condamna à mort; ce monarque fut exécuté le 21 janvier 1793 *.

Marie-Antoinette, toujours détenue au Temple, avait perdu tout espoir de recouvrer sa liberté; bien plus, elle prévoyait qu'elle subirait le sort de son mari. Le règne de la terreur était alors dans toute sa force, et ses geôliers et les municipaux de garde, qui se relevaient alternativement, ne lui laissèrent pas ignorer que l'échafaud l'attendait d'un moment à l'autre.

---

* Dans quelques villes des départemens, on a encore célébré le 21 janvier 1831, l'anniversaire funèbre de la mort de Louis XVI, et témoigné de grands regrets de cette catastrophe. Il faut espérer que ce sera pour la dernière fois.

La reine dut alors faire de tristes réflexions sur sa cruelle position; elle qui s'était vue entourée de courtisans qui ne cherchaient qu'à lui plaire, qu'à l'amuser; elle qui, au sein du luxe et des plaisirs, inventait chaque jour de nouveaux sujets de dissipation, et dont les moindres désirs étaient prévenus et réalisés; maintenant, dans les liens de la captivité, le souvenir du passé dut lui rendre bien amer le présent et déchirer vivement son cœur, en ne lui laissant entrevoir l'avenir qu'avec horreur.

Quels reproches elle eut à se faire! quels remords poignans elle dut éprouver, en songeant qu'elle était une des causes principales de son malheur, et de celui de tout un peuple! Elle pouvait vivre heureuse; elle préféra conspirer continuellement contre une nation qui l'avait accueillie avec des transports de joie, lorsqu'elle vint épouser Louis XVI, et dont elle n'avait jamais eu qu'à se louer.

En se voyant précipiter du faîte des grandeurs dans un abîme, elle dut maudire ses perfides conseillers, qui, sans calculer les chances de la fortune, la conduisirent par une pente rapide dans la prison du Temple.

Traduite au tribunal révolutionnaire, le féroce Fouquier-Tinville, accusateur public, fit contre elle un réquisitoire foudroyant, où, mêlant la calomnie et la médisance, il accusa Marie-Antoinette de crimes auxquels elle était étrangère; des témoins furent entendus, entre autres Hébert, l'auteur de la feuille du Père Duchesne * qui osa la charger d'un fait mille fois odieux et qui répugne à la nature, à l'égard du dauphin son fils. « *J'en appelle aux mères*, dit-elle, qui sont présentes dans ce tribunal, *si l'on doit me supposer un tel forfait!* »

Le témoin fut atterré par cette réponse. Bientôt lui-même, quelque temps après, comparut devant ce même tribunal qui le condamna à mort, non comme coupable d'une calomnie atroce, mais comme contre-révolutionnaire.

Après des débats scandaleux, la reine fut déclarée criminelle, contre-révolutionnaire, etc., par des jurés qui, pour la plupart, étaient ivres, et ne savaient ni lire ni écrire; en conséquence, elle fut condamnée à mort et exécutée de suite.

Marie-Antoinette marcha au supplice avec courage, ne montra aucune faiblesse, et reçut le coup de la mort avec impassibilité.

---

* Ce petit journal, écrit dans le style le plus plat et le plus ordurier, était crié tous les matins dans les rues de Paris, excitant au trouble, à la révolte, aux meurtres et aux assassinats.

FIN DU SECOND ET DERNIER VOLUME.

TABLE
DES MATIÈRES.

———

II.   4

(120)

FIN DE LA TABLE.

www.ingramcontent.com/pod-product-compliance
Lightning Source LLC
Chambersburg PA
CBHW070456030726
47503CB00004B/1063